D E A R + N O V E L

ふれていたい

榊 花月
Kazuki SAKAKI

新書館ディアプラス文庫

S H I N S H O K A N

ふれていたい

目次

イラストレーション／志水ゆき

ふれていたい

1

東京の女の人は、足が太い。

一年前に上京した時、広崎《ひろさき》夕雨《ゆう》が真っ先に感じたことはそれだった。

今ではそんな印象を受けたことすら忘れかかっている。現に、今目の前の吊革《つりかわ》につかまっているミニスカートの女の子の足は、棒切れみたいに細い。

けれど、ファーストインプレッションの記憶は薄れても、それを話した時の周囲のリアクションはよく憶《おぼ》えている。爆笑されて、莫迦《ばか》にされた。ひじょうに腹立たしかったが、それ以上に寂しかったことだけは。

電車が揺れて、立っている女の子の身体《からだ》が大きく揺らいだ。

こちらに向かって前のめりに倒れてくるのを周章《あわ》てて避《よ》ける。変に支えてやったりして、身体のどこかに触れたの触れないのと騒がれるのが厭《いや》だ……要するに痴漢《ちかん》と間違われたくなかったからだが、避けたはずみで抱えていた版下入りの封筒が床に落ちた。

拾うついでに立ち上がり、

「どうぞ」

先だっての女の子に声をかける。え、という表情が返ってくる。あたしまだ、そんな歳《とし》じゃないわよ。そんなことは見れば判《わか》る。

「俺、次で降りるから」

それは嘘ではなかった。ドアのほうに向かおうとする夕雨に、

「ありがと」

振り返ると、彼女は親しげな笑みを浮かべて頭を下げていた。茶色く染めた髪が揺れる。

親切というほどの親切でもないけれど、快く受け入れてもらえたらしい。安堵《あんど》。

ほっとしてから、俺まだ、東京に馴《な》れてないんだなあと思った。どきどきするもの、こういう時。

それを先輩に話したら、また笑われそうだから言わないけど。

目的地に着いた。降りながらちらと見ると、彼女は携帯の画面を深刻そうな表情で眺《なが》めていた。

高校卒業後、デザインやイラストの専門学校に入学し、それをしおに一人暮らしを始めた。実家からは二時間ちょっとかかる。通って通えない距離ではないが、往復四時間というのはいかにも厳しい。家にはOLの姉がいるので、長男が出ても不都合はなかろう。男の子は早いとこ自立しなくちゃ、という家庭の方針もあり、夕雨の上京・一人暮らしはスムーズに進んだ。

その姉も、結婚が決まり、もうじき式を挙げる予定である。そうしたら、親も寂しくなるだろうな。俺がいたほうがよかったかな、と思わないでもない。

上京するほんとうの理由を知ったら、いかに理解ある親でも力ずくで夕雨を止めただろう、とも思う。

ともかく、上京二年目。バイト先もすぐに見つかった。さすがは東京。若者向けの洋服屋で働いた後、学校の講師から紹介されたデザイン事務所にバイトに入った。そろそろ三ヵ月になる。

アシスタントといえば聞こえはいいが、要するにパシリである。外回りが主なお仕事。今日も、仕上がった雑誌広告用の版下を出版社に届ける途中である。普通は版下は直接出版社へは向かわず、代理店経由で送られた後、然《しか》るべき媒体に掲載――教わった仕事の流れはだいたいこんなふうだが、代理店だろうが出版社だろうが、夕雨の仕事の内容は変わらない。ガキの使い。

いずれ自分も広告デザイナーに、なんていう大望を抱いているのであれば、単なるお使いも意義ある経験になるのかもしれない。

けれど、夕雨にはそんな明確なビジョンがあるわけではなかった。ただ絵が好きだから、そういう勉強ができる学校を選んだというだけ。

そしてなによりも、東京には「恋人」がいる……。

大判の紙袋を、落とさないようにしっかり抱えながら歩く。

大小取り混ぜて多くの出版社が立ち並ぶ神田の通り。

目指す会社は、一昨年《おととし》だかに建て替えたらしい。一際高く聳《そび》え、堂々たる威容《いよう》を誇っている。

その、三階にある広告部で担当者に封筒を渡し、ついでに返却用キャビネットから使用ずみの版下を引き上げた。キャビネットは各代理店ごとに分かれており、社名入りラベルが貼《は》られているが、夕雨のバイト先のような小さな下請け事務所は「その他」の引き出しの中にまとめて突っ込まれている。

総《すべ》ての用事を終え、エレベーターを降りた時だ。ロビーからこちらに向かってくる人影に気がついた。

あ、と夕雨は立ち止まる。

知っている人間だった。

といっても、向こうの方では夕雨の存在など知らないかもしれない。

バイト先であるデザイン事務所の隣——正確には向かい——に事務所を構える、たしか翻訳家だ。翻訳家といってもまだ若い。おそらく二十代後半だろう。

夕雨の勤務時間はちゃんと決まっているが、翻訳家は一人で仕事をしているものか、出退の時刻はまちまちである。いずれも気ままな個人事務所。出入りの際に、何度か挨拶《あいさつ》……ともいえない会釈《えしゃく》を交わした程度の間柄。

加えて、他人に愛嬌《あいきょう》をふりまくのは苦手だ。無愛想な奴《やつ》という自覚がある。

どうしようかなと迷ううち、相手との距離はどんどん縮まってきた。

「あ、こんにちは」

で、夕雨のほうから声をかけた。仕方なくというのでもないが、関係ないとはいえ隣のオフィスのアルバイトという立場を鑑《かんが》みて。

相手はやや虚をつかれた体《てい》で足を止めた。そこに至って、ようやく夕雨の存在に気づいたという風情《ふぜい》である。オーバル系のブルーのサングラス越しに、こちらを見下ろしてくる。

「あー……」

やや長い間の後、

「アサヌマデザインスタジオの……」

言いかけ、口を閉じたのは、名前を知らなかったせいに違いない。だがそれを責めることはできない。なぜならば名乗ったことがないから。

「バイトっす、その――」

はたと思い当たった。こっちも相手の名を知らない。出入りの度に目にするドア。プレートにはさて、なんと記されていたっけか。

内心じたばたする夕雨をよそに、翻訳家はそれ以上の愛想を交換する気などもともとないらしい。

「じゃ」

軽く手を上げると、さっと踵《きびす》を返してしまった。

なんじゃ、それ。

その後ろ姿を見送りながら、夕雨は若干《じゃっかん》拍子抜けした気分になる。いくら名前も知らない相手だからって、そういう態度はちょっと冷たすぎるんじゃないの？

が、そっけなさを責める権利なんて自分にないのもまた、事実である。逆の立場だったらと考えたら、そりゃ俺だって「あ、君ね。じゃあな」とさっさと立ち去るしかないだろう。人見知りなことには自信がある。そんな自信を持ってて何になるんだ、というのもあるけれど。

判っていながら、「都会の人は冷たい」なんて常套句《じょうとうく》が浮かんでしまった。そういう夕雨自身、そこまでの田舎《いなか》の出でもないのだが。

そっけない男のそっけない背中なんて、いつまでも眺めていたってしょうがない。

夕雨もビルを出た。冷気が膚《はだ》を刺す。パーカーでは、そろそろ寒くなってくる頃。往き交う人々の顔も、なんとなく険しく感じるのも気のせいか。

——だからヤなんだ、東京なんて。

せかせか歩く人波に押し流される交差点、夕雨はまたそんなことを思った。

桐島《きりしま》、というさっきの翻訳家の名を思い出したのは、信号が青に変わった瞬間だった。

バイト先に戻った夕雨は、オフィスに入る前に隣のドアを確認するように眺めた。

珍しいくの字型のペンシルビルで、同じ階に四軒しか入っていない。

その四軒のうちの内側の部屋が、それぞれのオフィスである。従って、隣というより向かいに当たるその部屋の、木製の看板に「桐島翻訳工房」と堅い漢字が並んでいた。

夕雨のバイト先であるデザインスタジオの、真鍮《しんちゅう》プレートのカタカナ表記とは、受ける印象がだいぶ違う。どことなく狷介《けんかい》で、頑固な職人の事務所という感じ。

さっきの桐島の態度を思い出し、夕雨はなんとなく納得。そりゃそうだよね、ってなにが「そう」なのかは定かではないが。

「お帰りー。お疲れちゃん」

オフィスに入るや、中原亮子《なかはらりょうこ》が声をかけてきた。三十過ぎのデザイナーである。威勢がよくて姉御肌、所長である浅沼《あさぬま》の良き右腕といったところ。

夕雨も含めてその三人が、全従業員である。小ぢんまりとした事務所なのだ。元々大手の広告代理店にいたという浅沼の腕と人脈で、しかし仕事は多い。なかなか有望なバイト先とは言える。たとえ、肝心《かんじん》のデザインの仕事が、せいぜい写植貼りぐらいしかさせてもらえないにしても。

「所長は？」

「朝広《ちょうこう》の不破《ふわ》さんと打ち合わせ。プレゼン、近いからさ」

浅沼が元いた会社の営業の名を言うと、コーヒーメーカーのほうに大股《おおまた》で歩み寄る。

「ああ、そういや電話あったよ。衛藤《えとう》って人から」

紙コップのコーヒーを夕雨にサーヴィスしてくれながら、中原が言った。左手の薬指でリングが耿《ひか》る。

何気ない調子だったが、夕雨はどきりとして中原を見上げる。いつもの屈託ない表情。含むところなんて、あるわけがないから当然なのだが、それでもどぎまぎしてしまうのは、それが夕雨にとって特別な相手の名前だったからだろうか。

「は、なんか言ってましたか？」

「戻ったら、コールバックして欲しいって。携帯、貸そうか？」

開放的で気軽な職場である。勤務時間中の私用電話なんて当然という雰囲気、浅沼はもちろん中原も、平気で友人と長電話していたりする。

が、他人の携帯で私用電話をかけるのはさすがに躊躇《ためら》われた。話の内容、というか受け応《こた》えを中原に聞かれるのも。

「いや、いいです。ちょっと下、行ってもいいですか」

「律儀《りちぎ》だねえ、ユウちゃんは」

中原の豪気な笑い声を背に、夕雨はそそくさ、オフィスを出た。

一階に公衆電話がある。いまどき、携帯を持たない人間なんてごく少数だから、昔は何台か並んでいたらしい形跡を留めつつも、そのコーナーに現在あるのは、今やレトロな感じさえする緑色の電話が一台きり。

むろん、使用中でもない。夕雨は臀《しり》ポケットから財布を出し、これまた今、需要があるのかどうか判らない——夕雨にはあるのだが——テレフォンカードを抜き出した。

携帯のナンバーを思い出しながらプッシュボタンを押す。電源切られていたり、留守電だったら厭だなあと思ったが、七度めのコールで相手が出た。

『夕雨？　また公衆電話？　わっかんねえんだよな、ディスプレイに出ないから』

衛藤国春《くにはる》の明るい声が聞こえてきた。

「だってバイト中だもの。なんか用だった？」

「いいかげん携帯ぐらい買え」と続くのを遮《さえぎ》るように、夕雨は早口で問うた。

『そうそう。お前、今日ヒマ？』

問いつつ、衛藤は既に夕雨に予定のないことを決めつけているそぶりである。

で、また実際その通り……たとえ約束があったとしたところで、衛藤の誘いなら先約を破棄するのは当然、と向こうも夕雨も思っているのをお互いが知っている。

よって、

「や、べつにヒマだけど」

夕雨に赦《ゆる》された答えはこれしかない。

『そんじゃ、ちょっとうち来いよ。仕事終わり、何時だっけか』

「いちおう八時――」

『じゃ、八時半……いや、九時でいいや。速攻だぞ？』

やはり有無を言わさぬ調子で勝手に決め、

『お前さあ、どうでもいいけど携帯ぐらい買えよ、そろそろ』

最後にはやはり、そう言ってそそくさ、電話を切ったのだった。プチッ。ツー、ツー。

ほとんど一方的な会話の後、吐き出されてきたテレフォンカードを抜き取り、夕雨はしばしぼんやりする。

あい変わらず、元気だなあ。

いや、元気というより傍若無人。こちらの都合などおかまいなしに、自分が「今日、九時にアイツを部屋に呼ぶ」と決めたら必ず実行されるものと決めてかかっている。呼ばれたアイツは、一分でも遅れようものなら、しばらく衛藤の不機嫌とつきあわなければならない。

そんな相手を、夕雨の他に何人も持っている。

それが、夕雨の「恋人」であり、上京することになった理由でもある。都内の私大の芸術科に在籍。専攻は写真。夕雨の高校の、一年先輩。

カッコつきの「恋人」なのは、前述のように衛藤の相手が夕雨一人ではないからだ。

高校時代からそうだった。衛藤国春といえば名うての遊び人、しかもその標的は男女問わず、年齢も問わず、ひょっとしたら種も問わないかもしれない。気に入れば犬や猫とだってヤルんじゃないか？　衛藤なら。

そんな風評。時としてそんな揶揄《からかい》混じりの冗談が取り交わされるほど、衛藤の人間関係は乱脈だ。

その、放埒《ほうらつ》さに憧れていたのかもしれない。写真部と隣り合わせの美術部の部室で、ぼんやり校内きっての有名人を眺めていたら、ある日むこうから声をかけられた。

それが始まりである。つまり、そんな関係。

一年早く東京の大学へ進学した衛藤を、追うようにして上京してきたのだった。

その選択が正しかったのかどうか、夕雨にはいまいち判らない。衛藤は東京でもライフスタイルを変えていない。

モテるのも、手当たり次第も、しょせんここが田舎だからだっていうやっかんだ連中の揶揄《やゆ》は、希望的観測にすぎなかったということだ。魅力っていうのは全国共通の図書券みたいなものので、どこでだって効力を発揮するようなのだ。

そして、指名されればなにを措《お》いても最優先させる俺なんかは、向こうにとっちゃ便利なんだろうなあと夕雨自身、思う。それこそ、都合のいい男っていうのの典型。

それでも、久しぶりの誘いには心が躍ったのだった。

いくら性別を問わない相手だとはいえ、男と寝るのにはやはり、多少の抵抗がまだある。

しかし、衛藤が夕雨を呼んだ目的は、やっぱりそれだったらしい。

「遅いぞ」

夕雨が衛藤の部屋に着いたのは九時を少し回った頃だった。

咎《とが》められるほどの時間差ではない。けれど、九時といったら九時きっかりに現れられなければ、機嫌を損ねてしまう男。

その、ワガママ大王から玄関を上がるか上がらないかのうちに腕を掴《つか》まれる。いきなり床に引き倒されて、さすがに夕雨は抵抗する。

「ちょ、ちょ――っと。衛藤さん……先輩！」

下でじたばたする夕雨を、衛藤はむっつりした面《つら》つきのまま見下ろしてくると、

「先輩って呼ぶなって言ってんだろ」

長い眉《まゆ》の下の、やや上がり気味のアーモンド・アイズが不興げに眇る。

「はあ」

そもそもの関係の初めから、先輩呼ばわりされたり、敬語を使われるのを厭がる男だった。

理由なんて知らないけれど、なにかトラウマでもあるんだろう……というのは冗談にしても。

タメ口を要求するわりには、こっちに接する態度はあくまで傍若無人。

「そのまぬけな返答も、やめろ」

ぱちんと額《ひたい》を弾かれた。

「う、うん」

あらためてのしかかってくる男を、複雑な思いで夕雨は受け止めた。結局のところ、ここでヤるのか。せめてソファとか、できればベッドに行きたいのだが、今日の衛藤は野獣モードらしい。そう広くもないワンルームの、玄関先で押し倒し、夕雨のシャツを捲《まく》り上げる。

「あ——」

胸をまさぐられて、夕雨は声を上げた。

男でもこんなところが感じるんだということは、衛藤から教えられた。

乳首をきゅっと摘《つま》まれれば、背中に電流が走るほどの快感をおぼえることも。

夕雨の反応を面白がるように、衛藤は尖《とが》った胸の突起をぺろり舐《な》めた。

「あ、あんっ」

「スケベだな。もうこんなんなってるじゃん」

そして、片方の手は下肢《かし》に伸びている。

確かめられるまでもなく、胸への愛撫《あいぶ》だけで股間《こかん》は既に硬くなっている。

「窮屈そうだから、出してやんないとな」

「あっ、あ……衛藤さん、こんな所で」

ジーパンのボタンを外しにかかる男に、夕雨はもう一度、場所の移動を希《ねが》ってみたのだが、無駄だった。

「大丈夫だって。今日は、お前しか呼んでねえからよ」

含み笑いをしながら衛藤は言い、夕雨はその言葉で、熱くなっていた頭の中がすうっと冷えるのを感じる。

以前、衛藤が他の男を連れ込んでいるところに呼び出され――むろん夕雨はそんなこととは知らなかった――驚き、厭がる夕雨を無理矢理ベッドに引っ張り込むと、いわゆる3Pを余儀なくされたのである。

さすがに夕雨はショックを受け、二度とこんな奴と関わるもんかと部屋を後にした。三人で愉《たの》しむというよりは、他の二人が夕雨をいいように弄《もてあそ》んだというに近い。屈辱の体験。夕雨にとっては凌辱《りょうじょく》されたに等しい。

それでも――後日バイト先に衛藤が現れ、ひたすら下手《したて》に謝る姿を見ると、なんとなくおかしくなってしまって、結果的に夕雨は赦《ゆる》してしまったのだが。

そんな男。客観的には、ロクでもない、ということになるのだろう。

が、そのろくでなしに、振り回されるというよりは引きずり回されることを既に容認している俺、というものも自覚していて、その後も呼ばれれば応じてしまう。

甘いのかな……あんまり恋とかしたことないから、好きだとか言われるとつい。

「好きだよ、ユウ」

下着の上から、しばらく夕雨を愛撫していた衛藤が、身を起こして自らの下腹部を夕雨の顔に近づけてきた。

意図を察し、夕雨はファスナーを下ろし、下着の中で既に形を変えている衛藤自身を掴み出す。勃起《ぼっき》して窮屈そうなそれを解放してやると、まず先端部分にキスする。

「うっ」

衛藤は呻《うめ》き、もっととねだるように腰を突き出す。

両手を添えて、夕雨は男の性器に舌を伸ばした。どこをどうすれば衛藤を悦《よろこ》ばせることができるのか、よく知っている。喉《のど》の奥まで咥《くわ》え込み、きゅっと締めつける。片手で扱《しご》きながらくびれの部分を舐め回す。裏筋を舐め上げ、両手で袋を揉《も》みしだいてやる。

「あ、イイ……最高だ、ユウ。気持ちいい……出そう」

口走りながらも、衛藤は夕雨の頭を掴み、腰を前後に動かす。

咥えながら、夕雨は上目《うわめ》に衛藤を見上げた。うっとりした顔、荒い息遣い。夕雨の口を使ってピストン運動を行いながら、目を閉じ、口を半開きにした無防備なその顔を窺《うかが》う。

傍若無人のワガママ勝手だが、この時だけは子供みたいに無防備な顔になる。いや、無防備っていえば衛藤はいつだって隙《すき》だらけの男なのだ。ちょっといいな、と思ったらなにがなんでも手に入れなければ気がすまない。そして、いったん手に入れたものは本能の赴《おもむ》くままにオモチャにしてかまわないと思っている。

そうと知っていても、本能のままにオモチャにされている俺……。

時々、冷静になる瞬間だってあるのだ。

が、夕雨はほとんど無条件に衛藤に隷属している。ほんと、都合のいい男だよ。

「あ、ダ、ダメだ」

衛藤が甘ったるい声を出した。

目一杯巨《おお》きくなったモノを、夕雨の口から引き抜く。

「ユウ、もう入れたい」

じっと目を覗《のぞ》き込まれると、魔法にかかったみたいにまた、頷《うなず》いてしまう。

夕雨の下肢をくるりと剝《む》くと、足首まで下げた着衣を器用に爪先で蹴飛《けと》ばす。

そうして、下半身だけ裸にした夕雨の足を持ち上げると、肉を分けるように後孔《こうこう》を両手で開いた。猛り狂ったモノが、そこに押し当てられる。

「あうっ」

濡らされも、狎《な》らされもしないまま貫かれ、さすがに夕雨は悲鳴に近い声を発した。

いくら馴染んだといっても、この瞬間だけは耐え難い苦痛だ。さっきまで甘ったるい鼻声で「好きだ」とか「可愛《かわい》い」と囁《ささや》いていた男が、ただのケダモノにすぎないと知らされる瞬間でもある。

だが、もとより衛藤はそんな夕雨に斟酌《しんしゃく》するでもない。そのままずぶずぶと奥まで押し入ってくる。

「あっ、ああ——い、痛いよ、衛藤さん」

「待ってろよ、もうじき悦《よ》くしてやるから」

突き立てたままで衛藤が言うのも、いつものことだ。

その保証に根拠なんかはなく、そのまま乱暴な抽挿に移行するのも。

「あっ、い、ああ、ああ——っ」

なすがままに蹂躙《じゅうりん》されながら、次第に内奥《ないおう》に苦痛以外の感覚が生まれてくるのも——。

いつも通り。

「力、抜けよ夕雨。俺も痛いよ」

「う、うん」

「……すっげ、いいよ、お前ん中」

腰を動かしながら、譫言《うわごと》のように衛藤が呟《つぶや》く。

「そこらの女なんか、較《くら》べもんになんねえな。いつまでも狭くて、ぎゅぎゅって締めつけてくるこの感じ」

「ああ……」

もうなにを言われているのかもよく判らない。

「最高に気持ちいいよ」

「んんっ」

「夕雨……可愛い。好きだよ、夕雨。愛してるんだ……」

烈《はげ》しく抽挿を繰り返しながら、衛藤が口走る。

薄目を開いて、夕雨は上で揺れる男の顔を眺めた。

クールな美貌《びぼう》……冴《さ》えた双眸《そうぼう》……皮肉っぽい笑みを常に湛《たた》えている薄い唇。

全体的に酷薄な印象を受ける衛藤だが、しんはさほど大人じゃない。

関係を続けていくうちに、そんなことは判ってきていた。

それでも……それでも離れずにいるのは、そんなこいつに、俺はイカれちまっているってことなんだろうな。莫迦だな。

不思議なもので、男に組み敷かれて、あられもない恰好《かっこう》で突き上げられている自分を、醒《さ》めた眼差《まなざ》しで眺めているもう一人の自分を、夕雨はたしかに感じている。

それは、こんな瞬間にすら。

「ああっ、イクっ」

身体の奥で暴れ回っていたモノが一際質量を増し、衛藤が全身を突っ張らせた。

後ろからの刺戟《しげき》で、夕雨も再び勃起していたが、クライマックスには遠い。

が、衛藤はそのまま身を震わせて夕雨の中に射精し、ぐったりした男から身体を離し、夕雨はバスルームでシャワーを浴びながら、指で自分自身を慰めた。

なにやってんだろうな、俺……。

飛び散った精液をシャワーで洗い流しながら、ぼんやり思った。

するとなぜか、昼間会った男のことが思い出された。そっけない態度、「君に興味なんてさらさらありません……そもそも、誰？」と言いたげな態度……サングラスの奥の瞳は案外優しそうに見えたんだが。

ひとは見かけで判断しちゃいけないってことか。半ば無理矢理、衛藤のことと関連づけることによって、夕雨はその男のことを考えている俺、というものに正当な理由を見出《みいだ》したのだった。

2

数日後、夕雨《ゆう》はクライアント先へ赴《おもむ》いた。

版下にミスが発見されたため、修正したものを届ける用事である。本来なら代理店の担当者を介するところ、今回は完全にこちらのミスなため、直接お詫《わ》びである。あい変わらずの、お使い。だからって、そこで出向くのがバイトの俺でいいんだろうかと心細くなる。だが、出がけに中原《なかはら》亮子《りょうこ》からかけられた、

「ユウちゃんなら、向こうさんもそんなにきつく怒鳴り散らしたりしないからさ。ほら、適材

適所」

その言葉はどういう意味なんだろうと、首を傾《かし》げてしまったが。

しかし実際、中原の予言は的中する。広告部の担当者は、厭味を言うでもなく上機嫌で封筒を受け取り、「どう？　お茶でも一緒に」と誘ってきた。

担当というのは、もちろん男である。広報部に設《しつら》えられた、商談コーナー。パネルで仕切られているのをいいことに、向かい合っていたはずが、いつのまにか隣に移動してくる。

経験のないことでもなかった。同性から、そんな目をして誘われるのは。

が、いくら得意先と言っても、男の脂《あぶら》ぎった顔や、しつこい誘いに応じるのは厭《いや》だった。

次の予定が入っているとかなんだとか、適当に理由をつけ、夕雨はそそくさと広報部を後にした。

ふう。

エレベーターの壁に凭《もた》れて、ひと息つく。中原の言った意味がよく判《わか》った。でも、どうせだったらそこで起きることをもっと具体的に明示してくれたってよかったのに。

閉まりかけた扉の向こうに、走ってくる人影が見えた。

夕雨は反射的に「開」のボタンを押した。

「うわっち、びびったー」

「……桐島《きりしま》、さん？」

ぎりぎりセーフでエレベーターに飛び込むと、桐島は壁に手をついて身体を折る。遅刻寸前で間に合った高校生みたいなその様子がおかしくて、夕雨はちょっと笑ってしまう。

「おや？」

桐島は初めて、こちらに気づいたように向き直った。

「えーと、アサヌマさん」

「浅沼はうちの所長です。俺は広崎《ひろさき》っていいます」

「そうか。すまん、ひとの名前って憶《おぼ》えんの苦手でさ」

「いや、名乗ったのは今日が初めてですから」

ブルーのレンズの奥で、桐島の目が細くなる。と思ったら、サングラスを外してしげしげ夕雨を眺《なが》めた。

「そうか。じゃ、なんで俺の名前知ってんの？」

「だって事務所に看板出てるじゃないですか」

「あ、そうかそうか。そうだった」

夕雨はいよいよおかしくなった。桐島の立ち居振る舞いが、このあいだのそれよりもずっと無防備で、そう言ってよければまぬけでさえあることに、少し驚いてもいた。あの時はああ思ったけど、実はそんなに、冷たい人でもないのかもしれない。

だが、やはり初対面に近い相手と話すのは苦手らしい。しばし下を向いて思案するような間

の後、

「にしても、偶然だなあ」

と呟《つぶや》いた。

「偶然ですね、出先でまた会うなんて」

「オフィスじゃ滅多に顔も合わせないのにな。職種も違うし、こんなに仕事先がかち合うなんて」

「俺だって、なんで翻訳家の人が普通のメーカーに出入りしてるのか不思議ですけど」

「あ？　俺ね、翻訳っていっても――」

桐島が言いかかった時、エレベーターが一階に到着した。なんだ、もう少し話してたかったのに。

思い、そんなことを思っている自分にびっくりする。ほとんど知りもしない相手と、もう少し一緒にいたいだなんて。ふだんはその逆。こんな場面ではいち早くその場を去りたくなる。

それも、決していい印象を抱いていたわけではない桐島に対し、だ。そのままロビーに突っ立って、またもや思案モードに入っているらしい桐島を、なにか期待するような心持ちで待っていた。

桐島は、なにか迷うふうに顎《あご》に指をやっていたが、やがて顔を上げると、

「広崎君、忙しい？　すぐ戻らなきゃいかん？」

なにを思ってか、言った。

「えっ？」

「いや。時間あんならさ、お茶にでもつきあわない？」

どきっとした。まるで心の中を読まれたみたいだ。

俺の心の中って？　思ったそばから自問がなだれ込んでくる。どんな仕組みでこの人ともうちょっと喋《しゃべ》ってみたいだなんて、思ったわけ？

答えは出なかった。


実は、桐島のほうも話し足りなくて誘ってきたんだ、と気づいたのは、反射的に首肯《しゅこう》してしまってからだいぶ後、近くにあるカフェのテラス席に落ち着いた時である。

「ほんとに時間大丈夫？」

向かい側から桐島が問うてくる。ちょっと照れているふうなのが、言ってはなんだが可愛《かわい》らしい。

「大丈夫っす。俺、バイトだし、そんなに重要度とかないですから」

「んなことはないだろうよ」

メニューから目を上げ、桐島は真顔で言った。

「広崎君は広崎君なりの、なにか大切な役があるんだよ。たとえバイトだっても。重要じゃない人間なんてのは、世の中にいないよ？」

夕雨はぼんやり、桐島を見ていた。文章にしてみたら、軽薄な若者に世の摂理を説いて聞かせる、判ったふうな大人の科白《セリフ》が、しかし全然陳腐に聞こえないのは、その表情と口調に見下したところや、押しつけがましさがないせいだろうか。のんびりした顔のまま、無駄話をするように言う。実は人生訓めいた、そんな言葉を。

その後、

「そう言いつつ、道草食わせてんのは誰やねん！　っちう話なんだけどさ」

メニューを閉じ、ウェイトレスを呼んでカプチーノを注文した。

本当はコーヒーは苦手なのだが、ジュースなんか頼んで、子供と思われるのが厭だった。で、「同じで」と夕雨は言い、ちょっと後悔。ほんとは「期間限定・洋梨のジュース」を飲んでみたかったんだが。どうもイケてる店だって気がする。造りといい、テラスに並んだプランターの感じといい。

「寒くない？」

思っていると、また桐島に訊《き》かれた。

「大丈夫です。まだそんな冷え込む時間でもないし」

「そうか。なら良かった。もはやテラス席って季節でもないんだが」

桐島は、ラベンダーの花をちょいちょいつついて、通りのほうを見た。

「ここだと、よく見えるでしょ？」

「は？」

何が。

「通ってる人たち。今どきの若いもんがどんな恰好《かっこう》してんだか、時々チェックしとかないと。どんな洋服買ったらいいか悩むじゃん」

桐島は、草色のＴシャツの上にフルジップのブラウンのブルゾンを羽織っている。ヘリンボーン柄で胸に「ＭＴＭ」のロゴ入り。ボトムはベージュのチノパンにコンバースの白いワンスター。

センスいいな、とこのあいだも思ったのだったが、まさか本当に街でフィールドワークに励んでいるのだろうか。

「ま、あの若者のシャツがカッコいい！　と思っても、服に拒否されるんだけどね。さすがに若者じゃないだけに」

「だって、そんな歳《とし》でもないでしょう？　その、桐島さん？」

「歳さあ。来年三十だもん」

「二十九なら、まだまだ大丈夫っすよ」

「いや、まだ八だけどね。大晦日《おおみそか》生まれだから」

「なら、ほとんど再来年《さらいねん》じゃないですか。余裕でオッケーですよ」

「って、なにがオッケー？」

「えっ」

絶句する夕雨を見て、桐島は大笑いしている。喉《のど》の奥まで見えるような、豪快な笑顔。笑うとくしゃっとして、親しみやすい顔になるのに気づいた。屈託のない、大らかな人柄が窺《うかが》える。このあいだは、感じ悪いと思った相手を、そんなふうに評価している。自分自身の心をまたふと思う。

笑いながら、桐島は「広崎君は何歳？」と訊き、「十九歳に励まされちゃったよー」とまた笑った。

大笑いの後で、照れは消え、打ち解けはじめたばかりの者同士特有の新鮮な親近感を夕雨はおぼえていた。

「べつに励ましてるわけじゃ。だってマジ、かっこいいじゃないですか、桐島さん」

「って、広崎君みたいなルックスの十九歳に言われてもなあ。慰めて頂いてる気がする」

「そんな……」

たしかに桐島は、いわゆるハンサム顔ではない。

でもなにかしら、ひとを惹《ひ》きつける魅力を持っている。なにに似ているかと言うと、ハワイ土産《みやげ》のクレイジーシャツのトレードマークであるあの猫が、にまっと笑った感じに近いかもし

れない。

　顔が整っているとかスタイルがいいとかではなく、こういうのを本当の「いい男」と言うのだろう。夕雨は思う。

「夕方の雨って書いてユウ？　ロマンティックな名前だな」

　続けて夕雨の名を訊《たず》ね、感心したふうに言う。

「一歩間違うと大惨事になりかねんネーミング。広崎君には合ってるけど。君、親に感謝しといたほうがいいよ？」

「はあ……」

　容姿のことなんか、夕雨にはどうでもいい。それとも桐島も、そういう類の人間なのか？さっきの部長の顔が浮かぶ。

　でも、この人はあんなのとは違うはずだ。いや、違うに決まっている。なんでなんだか、過《よぎ》った疑念を打ち消そうとする自分がいる。

「そういう桐島さんは、名前なんていうんですか」

「俺？　イツキ」

「イツキ……」

「伊太利亜《イタリア》の伊に、お月さんの月な」

　桐島伊月。自分だって、じゅうぶんロマンティックな名前じゃんか。しかも似合いだし。

そう思っていたら、桐島がにやりとした。

「どっちが名字やねん！　だろ」

「いや、そんなこと……いい名前だと思います」

「でも、聞いた途端、なにを連想したか俺には判るぞ」

「それはそのう……演歌な方面の感じのことですか？」

たしかに、イツキと聞いて真っ先に浮かんだのは、某大物演歌歌手の顔だった。

「ほら、考えたんじゃん」

「でも、ほんと桐島さんには合ってると思います。いや、演歌っぽいってことじゃなくて、その――……月とか入ってるのかっこいいって」

「あ、そりゃどうも。って、お互いに名前褒《ほ》め合っててどうすんだっての」

カプチーノが運ばれてきて、会話が中断する。そのまま、途切れてしまった。

カップをソーサーに置き、桐島はプランターの向こうの街路を眺めている。

まさか本当に、若者のスタイルチェックしているのか？　言葉を探してじたばたする夕雨に、再び視線を巡らせてきた。

「広崎君は、東京出身？」

「いや、違います」

出身地を言うと、

「ほとんど東京じゃん」

「全然違いますよ。知らない人はそうやって言うんですけど、俺んとこはほんと、なにもない田舎《いなか》だし。あの、桐島さんは？」

「俺は山口。超中国地方よ。正真正銘の田舎」

「えっ。でも、言葉はこっちですよね」

冗談で入れる関西弁のイントネーションが、本当に冗談にしか聞こえない。

「ま、中学で転校したからね……よく考えると、こっちのほうが生活長いんだなあ、もう」

「ほとんど東京じゃないっすか」

「いや？　だってやっぱ、馴染《なじ》めんよ。なんか異邦人な気がする。東京の女の子は太いし」

「えっ？」

思わず訊き返した夕雨に、

「そんな印象だったんだよ。べつにデブってんじゃなく、その足が。太いってっちゃ悪いかな。逞《たくま》しいというべきか。なんか道とか、全部舗装されてんだろ。そこをガッガッって、当たり前みたいに歩いて行く姿に、こう、なんていうか……びびっちゃったんだよなあ」

詳しい説明なんか要《い》らなかった。

聞かなくても、理解できた。

桐島の言っていることは、まさに自分自身が抱いている思いと同じだったから。

「俺も、俺もそう思ったんです」

「え」

「初めてこっち来た時。普通に、高校とかの頃に遊びに出てきた時にはそんなこと思ってもみなかったのに、いざ上京して、えと……こ、こっちにいる先輩がこういうところに連れてきてくれて、俺ここで暮らすんだなって思ってあらためて周り歩いてる女の人とか見た時に。足太いなって」

素直に感想を漏らした夕雨を、衛藤《えとう》は嗤《わら》ったのだ。お前ダメ、ぜんっぜんイケてない。

しかし桐島は、嗤いも笑いもしなかった。

目を丸くしてほう、と頷《うなず》き、そしてあの豪快な笑顔になる。

「そりゃよかった。俺、初めてだ。十五年ここで生活してきて、この話の賛同者に会うのって」

夕雨にとっては砂漠でオアシスに出会うのに等しい偶然の一致を、「よかった」ですませても、おざなりな感じは抱かせない。

むしろ、大袈裟《おおげさ》に喜ばれるほうが対処に困ったりする、夕雨の性格を知っているわけでもないのに、正しい反応をきちんと出す。

最初の出会いとは、もうほとんど百八十度印象が変わっていた。

いや、そもそもあの時、そっけなさに拍子抜けしたのは、日頃から「すてきな人だな」と桐島を見ていたからだと、ようやく気がついたのだった。

桐島の仕事は、翻訳といっても小説などを訳するのではなく、外国製品の取り扱い説明書だとか、取引の上での書類などを和訳したりまた逆に英訳したりという、いわゆる商業翻訳が主らしい。

カフェでしばらく話し込んだ後、桐島は自身の素性をこう明かした。

「だから、翻訳家ってより、翻訳業なんだけどね、実は」

それでも、趣味で向こうのミステリ小説などを訳し、出版社に持ち込んだりすることもあるそうだ。

前に出版社で会ったのは、その本が出版されることになったので、細かい打ち合わせをしていたからであり、あの時そっけない態度だったのは編集者と決裂したからではなく、「単なる人見知り」だから。あまりよく知らない相手と口をきくのは、苦手らしい。

「愛想ないだろ？　俺」

笑顔でそう言われても。

それに対し、「俺も、人見知りなんです」と言うのは、事実にせよわざとらしいと思ったので、夕雨はただ、「判ります」とだけ言った。内心では、同志に巡り合ったような気持ちの昂《こう》揚《よう》をおぼえていた。

同志。

ほんとうに、それだけなのだろうか。

オフィスまで一緒に戻り、六階のドアとドアの前で互いに「じゃ」と別れた後、夕雨は仄《ほの》かに残る会話の温もりを反芻《はんすう》しながら考えた。

たぶん、そんな答えは判っていて、なおかつ認めるわけにはいかなかったのだ。

だって、俺には衛藤さんがいるし……っていう以前に男とつきあってるような奴だし。その上、本命でもなく。遊び好きの気まぐれな男に、弄《もてあそ》ばれてるだけみたいなもんだし……。

心の中に芽生えたなにかに、自分で蓋《ふた》をした。

3

遊ばれているだけだと知っていても、呼ばれれば結局、気まぐれな男の言いなりになってしまう。

その日も衛藤《えとう》は、ただヤリたいだけの目的で夕雨《ゆう》を部屋に呼び、貪《むさぼ》るように何度も挑んできた。

出るものも出なくなってようやく、解放される。

半ば放心状態でぐったりしていると、傍らで身を起こす衛藤の姿がぼやけて映った。

お互い精も根《こん》も尽き果てたはずなのに、涼しげな様子で立ち上がるとベッドを降りる。

バスルームから、シャワーの音が聞こえ、元気だなあと夕雨はやや呆《あき》れつつも感心する。いや、それは俺のほうが体力なさすぎるんだろうけど……ベッドに投げ出された細い腕。肩も胸も薄くて、こんな身体を抱いて衛藤は満足なのだろうか、などと自虐的《じぎゃくてき》に思ったりする。

やがて、衛藤が戻ってきた。全裸のままバスタオルを被《かぶ》り、落ちていた下着を器用に足の爪先で引っかけると、そのまま穿《は》く。濡れた髪から滴る雫《しずく》。

「……どっか行くの？」

クローゼットから新しいシャツを出して着ている衛藤に、厭《いや》な予感をおぼえた。

「十時にさ、約束あっから。学校の友だち。合コンから流れてクラブで待ってるってよ。メール入ったんだ、さっき」

視界の隅に、銀色の携帯がある。

ジャケットまで着込んでから、衛藤はそいつをひょいと取り上げ、無造作に内ポケットに突っ込んだ。

「合コンて……」

要するに俺は暇つぶしってわけか。いや、メールが入ったのが、烈《はげ》しいセックスの後で夕雨が朦朧《もうろう》としていたあの時なのであれば、べつにそういうつもりでもないのだろう。衛藤もそこまで酷《ひど》い男じゃない……と思いたい。

「スッチー予備軍だってよ、むこう」

　都内の有名女子大の名を挙げ、衛藤は舌なめずりせんばかりの勢いだ。

「上玉揃《ぞろ》い。行くっきゃねえじゃん」

　そして、二次会からの参加のくせに、その場を忽《たちま》ち制圧してしまうのだろう。「スッチー予備軍」の「上玉」の中から、とりわけ極上なのを、何も考えずにお持ち帰りするはずだ。

　夕雨が黙っていると、ん？　とさすがに不興に気づいたか、衛藤はもの問いたげな顔で見下ろしてくる。

「なんだ、ユウも行きたい？　いいよ、連れてってやっから、お前の好きなの選んで遊べ」

「……いいよ、俺は」

　見たこともない女子大生であっても、ひとをそんなふうにオモチャみたいにたとえる衛藤に対し、抗議の意でそっけなく断ったのだが、相手にその意図は伝わらなかったようだ。

「だよな。お前は、女はダメだもんな。俺が教え込んだおかげで。男のよさを先に知っちゃったもんねえ」

「……」

　降りてくる唇を、反射的に避けて夕雨はそっぽを向いた。

「なんだよ、キスぐらいさせろ」

言うより素早く夕雨の頭を摑《つか》み、衛藤は自らの欲するところを遂行する。唇にちゅっと軽いキスをすると、立ち上がった。

「心配すんな。俺が一番愛してるのはお前なんだからさ」

その割には、意気揚々とした足取りで部屋を出て行く。

ドアがばたんと閉まり、夕雨は横たわったままその音を聞いた。

虚《むな》しい。

ベッドに半身を起こす。床に散らばる衣類を、情けなく見下ろす。

なにが「一番愛してる」だよ。

その後、猛然と腹が立ってきた。そんなしらじらしい科白《セリフ》で胡麻化《ごまか》せると思ってんのか。それほど、俺は莫迦《ばか》だと思われてるってことか。同じ科白を、今までの人生の中で奴《やつ》は何人に、そして何回口にしたのだろう。なんかもう、それは天文学的数字のような気がする。今日の合コンで出会った女の子に、今日中に吐くであろうことだけは想像できる。そんな奴。軽薄で無責任の、考えなし。

そんな男と、それを承知でつきあってる俺も俺だが。

そもそも、と考えた。そもそもなんで、つきあうことになったんだっけ。

あれは高校二年生の時だ。春、五月。描きかけていた水彩画の続きをどうしても描きたくて、昼休みの美術室に夕雨はいた。

風の爽《さわ》やかな季節である。開いた窓のそばにイーゼルを立てかけ、一心に筆を動かしていると、不意に、

『よう』

窓の外から声がした。

驚いて声のほうを見、二度びっくりする。

写真部の三年生、と言うよりは学校一の有名人が、窓枠に肘《ひじ》をかけてこっちを見ていた。

『お前が描いてんだ、それ』

見れば判るだろうに、なんでそんなことを訊《き》くんだろう。

そう思ったら、衛藤は視線を夕雨に移した。

『こないだここで描きかけのそれ見てさ、気になってたんだよ。誰が描いたのかなって』

『え……』

それは褒《ほ》められているということなのだろうか。絵はなんでもない、ごく普通の風景画である。美術部に入るぐらいだから下手《へた》だとは思っていないが、自分にそんなに才能があるなんて思ってもいない。

だからそんなのは嘘で、その時衛藤はたんに、隣り合わせの部室で昼休みにも絵を描いている、変わり者の下級生にちょっかいを出す手段としてそんな気を引くようなことを言ったにすぎないのだろう。

今ならそう思える夕雨だが、その時には勘違いしたのだ。俺の絵を気に入ってくれるひとがいる、ということに素直に喜んだ。

そうしたら、嬉しそうな顔になっていたのだろう。

『可愛《かわい》いな』

不意に衛藤が言った。

え、と思う間もない。いきなり顎《あご》を摑まれて、ぐいと引き寄せられた。

絵筆がからんと床に落ちる。

なにが起こっているのか判《わか》らないまま、目を見開いたまま唇を吸われた。

抵抗しなければ、とようやく気づいた時には、もう離された後である。

『な、なにを……』

やっとの思いで抗議しかかる夕雨に、衛藤はにやり笑うと、

『言っただろ、可愛いって』

夕雨の困惑も狼狽《ろうばい》も、およそ関係ないという調子。

『か、可愛い……可愛いって、俺はっ』

『挨拶《あいさつ》代わり。次はセックスしような』

『！』

『じゃ』

軽く片手を上げると、悠然《ゆうぜん》と去って行く。

挨拶代わり、って……。

「可愛」ければ、誰にでもこんなことするのか。

混乱したままの頭を、ぐるぐるそんな言葉が駆け回る。ケダモノ衛藤、悪魔、鬼畜系プレイボーイ。遊び人。

衛藤を表す、いろんな単語を思い出した。そして納得。あれは、決して大袈裟《おおげさ》でも誇張でもなかったのだ。気に入れば、猫や魚とだってやりかねない男。

可愛いって理由だけで、男にキスするなんて朝飯前なのだ。

キス――。

十六歳にして、それが初めての体験だったことにようやく思い当たって夕雨は愕然《がくぜん》とした。よりにもよって、ファーストキスの相手が男だなんて。しかも、誰知らぬ者はない遊び人だとは。

紛《まぎ》れもなく「遊ばれた」には違いない。

羞恥《しゅうち》の後に悔しさが訪れていた。

が、その奥底ではたぶん、惹《ひ》かれる気持ちが隠れていたんだろう。好きとか嫌いではなく、どちらかといえばそれは、好奇心にも似て。じっと見つめられて、どぎまぎしたのも事実。狂いもなく整った顔は、既に大人の男のそれだと思えた。

そして衛藤の宣言通り、次に会った時にはもう、夕雨はそんな最低男のベッドに入ることになったのだったが——。

——思えば俺だって、いい加減なんだ。

衛藤に対する思いが恋愛感情としてのそれなのかを、よく考えもせずに深い間柄になった。そして今も、考えないまま続けている。広い意味でなら「好き」に入るのだろうが、それだけのこと。それ以上の勁《つよ》い気持ちではない。

それは、口先だけでも「愛してる」を連発する衛藤とどっこいどっこいの不実さと言えるだろう……。

虚しさにぽっかり開いた心のどこかに、その時ふと、ある面影が浮上した。桐島伊月《きりしまいつき》の、無防備な笑顔。

素敵な人だな。そう感じたことを思い出し、はっとした。なんだよ俺。ここは関係ない人のことなんか考えるとこじゃないだろう。

でも……。

大人っていうなら、ああいうのが本物の「大人の男」ってのなんだ。根拠もなく思い、無性にあの笑顔と会いたくなっている自分を意識した。

そんなことを考えていたせいだろうか。

いつものように専門学校の講義を終え、バイトに行った夕雨は、そこでばったり、当の桐島と出くわしてしまう。

打ち合わせを終えた写真家を、ドアのところまで送りに出たところだった。向かいのドアが開き、中から桐島がぬっと頭を出す。

「あ……」

「ユーちゃん。今ヒマ？」

写真家がエレベーターに入って行った後、桐島は微笑《ほほえ》みかける。一緒にいたずらをしようと、友だちを誘う時の小学生みたいな顔だ。

それよりも、投げかけられた呼称のほうに夕雨は沈黙した。

それを察したのだろう。桐島は、

「あ、馴《な》れ馴れしすぎるか、ユーちゃんなんて。広崎君《ひろさきくん》？」

「い、いいです、名前でっ」

気分を害されたための無反応ではなかったのだ。嬉しくて——そう嬉しくて言葉が出なかっただけなのだ。素直な気持ちを表すなら、そういうことになる。

「なんですか？」

疚《やま》しさをおぼえつつも、夕雨はどぎまぎと訊《たず》ねた。

「や、ちょっと見せたいものがあるんだけど。時間はそんな取らせない。一瞬だから。一瞬」

一瞬を強調しながら、桐島はドアを大きく開く。

「大丈夫です。今やることないすから」

夕雨は迷わず中へ入った。

桐島翻訳工房は、茶色をベースカラーにした、落ち着いた内装だった。そう言ってよければ、意外にシックだ。もう一つ失礼を言うならば、意外にもきちんと整頓《せいとん》されている。そのせいで、造りはこちらのオフィスと変わらないはずが、ずいぶん広く見える。

「桐島さん一人なんですか？」

一台しかない机を見て、夕雨は問うた。

「ん。一人でできる仕事だからね」

桐島は、バルコニーに通じる窓のほうに行きながら言う。

桐島は今日もTシャツにジーンズのカジュアルな恰好である。

そりゃそうなのだが、でも経理とか、いろいろ雑用もあるだろうに、桐島は一人でこなしているのだろうか。

訊いてみたい気もしたが、どこまで彼の領域に踏み込んでいいものか、躊躇《ためら》われるものもあった。桐島は窓を開いて手招きしている。

「上」

側に寄った夕雨に、一声だけで軒《のき》を指す。

「あ……ツバメの巣」

なにやら丸くて茶色い塊《かたまり》が、そこに貼《は》りついていた。昔、実家の軒下にもツバメが巣を作っていたから、すぐ判る。

ずっと見上げていると、巣からヒナが顔を出しているのが判った。ちろちろ可愛い声で鳴いている。お父さんかお母さんツバメが餌《えさ》を運んでくれるのを待っているのだろう。

「可愛い」

夕雨は素直に感想を口にした。

「だろ？　春に、いつのまにか巣作られちゃってたんだよな。ここってペット飼っちゃいかんことになってるけど、勝手に棲《す》まれたんじゃあ、しょうがないさ」

桐島は笑い、夕雨は首を元に戻してそんな桐島の飾らない笑顔をぼんやり見上げる。

「よかった」

不意に言われ、どきっとした。

「な、なにが……ですか」

「喜んでもらえて。ユーちゃんなら、きっと喜ぶと思ったんだよね」

「……」

桐島は、「ユウ」を「ＹＯＵ」と発音する。

他の人たちとは、微妙に違って聞こえる。

夕雨は、その時に気づいた。

俺、この人が好きなんだ。

すごく狭い意味で「好き」なんだ。

耳の後ろが、熱くなった。

4

大変なことをしてしまった。

二つの出版社に入れる版下を取り違えてしまったのだ。しかも、片方の広告写真が裏焼き。写真の件は夕雨《ゆう》には関係ないとはいえ、取り違え事件は完全にこちらの責任である。しょせんはバイトでディリバリーぐらいしか能がない半人前とはいえ、それだからこそ失敗は夕雨には大ショックである。

浅沼《あさぬま》も中原《なかはら》も、そうちくちくとミスを責めるような性格ではない。むしろ、落ち込む夕雨を慰めたぐらいである。しかし、よくあることさと言われても、罪の意識は消えない。

早々に浅沼に伴われ、各出版社、それにカメラマンに謝罪行脚《あんぎゃ》の一日。入稿のリミットまでに余裕があることで、どこでも笑って赦《ゆる》してはもらえたものの、夕雨はしばらくは落ち込まざるを得ない。

その日も、バルコニーに出て、ぼうっと外を眺《なが》めていた。心にあるのは、やはり失敗の件である。甘かったんだと思う。バイトにも馴《な》れ、上司たちからは可愛《かわい》がられていい気になって。そんな気の緩みの報いが、今度みたいな事件を引き起こすってわけだ……「大したことじゃない」だなんて、やっぱり思えない。

こんな気持ちを話したくて、衛藤《えとう》の携帯に電話してみたが、何度かけても無機質な女性の声が「留守番電話サービスにお繋《つな》ぎします」と応答するばかり。このところ自宅の電話にもかけて来やしない。忙しいのだ。その理由がなんであるかなんて、容易に想像がつく。

すると、あんな奴でも頼ろうとしている自分の弱さ加減が、厭《いや》になってくる。気分はますますブルーだ。

手摺《てす》りに凭《もた》れてぼんやりする夕雨の視界に、その時見馴れた姿が映った。

どきりとして、夕雨はそれを凝視した。桐島《きりしま》は、外出から戻ってきたらしい。片手になにか包みを抱え、ビルのほうに歩いてくる。

まさか視線の力が作用したってわけではないだろうが、一階のフロアに入る直前、ふと桐島は顔を上げた。

夕雨の心拍数は、さらに高くなる。

こちらに気づいたのだろう。桐島は、やあというように片手を上げて合図する。

落ち込んではいたものの、夕雨も仕方なくぺこっとお辞儀をした。そうしてしまってから、それはリアクションとしてどうなんだろうと疑問が湧《わ》く。なんか、桐島の目にとんちんかんに映らなかっただろうか。手を振るような気分じゃなかったとはいえ。

桐島はしかし、笑顔で脇に抱えた紙包みをこちらに向けて見せた。

？　なんだろう。なにか菓子類のように見えなくもない。首を捻《ひね》ると、さらには親指を立てて夕雨の反対側、つまり自分のオフィスのほうを示した。

こっちに来ない？　と打診されているらしい……と思いたい。でもどうなんだろう。桐島への思いを自覚してから、臆病になっている夕雨だ。

で、首を傾げたまま向かい側のバルコニーを示してみた。

桐島は頷《うなず》き、笑顔になる。五階の高さから見てもそれと判《わか》る、屈託のない表情。

行っていいってことみたいだ。

夕雨は急いでオフィスに戻った。

「あの……ちょっと出てもいいですか。その、二十分ばかり」

中原亮子《りょうこ》に恐る恐る問うと、姉御はにっかりして、

「いいよ。とりあえず頼むこともないから」

言った後、ふと真顔になった。

「ユウちゃん。そうやって出てって、非常階段から飛び降りたり、トイレで首吊《つ》ったりする気

じゃないだろうね？」

「ま、まさか。そんなことしないっす」

夕雨は狼狽《うろた》えたものの、ほんとうは「向かいに油を売りに行く」のだとも言えない。

だが中原は、じゃあいいよ、と豪快に笑った。

「気分転換にお茶でも飲みに行きたいんだったら、行っといで。そんなに長くなけりゃ大丈夫」

その言葉には、これからの行動を読まれているようでどっきりしたが。

「ユウちゃん相当参っちゃってるもんね。そういうとこも素敵でいいけど、あんまりデリケート過ぎるのも、こういう商売には考えものだよ？」

「は。すいません」

「ほら、また謝る」

半分笑ったハスキーヴォイスに送られて、オフィスを出た。

といったって、行き先はすぐそこである。

ちょうど桐島が、エレベーターから出てきたところだった。

「時間、いいの？」

ドアを開けながら問う。

「あ……二十分ぐらいなら」

答えて、そういえばと気がついた。

「俺に、なんか用ですか」

「用ってほどでもないけど」

桐島は先に中へ入りながら、

「お茶につきあってもらおうかなって。今川焼き買ってきたんでね」

なるほど、桐島の持っている包みからは香ばしい匂《にお》いが漂ってくる。

「あんまりうまそうだったんで、つい買いすぎちゃったさ。よければ、浅沼さんのとこに持ってってよ。オーブントースターで温めれば焼きたてが味わえるよ？　って、そんなもんねえか」

それなら、最初からお裾《すそわ》分けのぶんだけを夕雨に渡して帰せばいいだけのことじゃないのか。

それとも、自分で言う通り、夕雨に「お茶につきあって欲しい」ということなのか。

そうだとしたら、そんな桐島の意図は？　意味は？

考えるうちに、恥ずかしくなってしまった。勧められるままに来客用らしいソファセットに腰かける。桐島は、馴れた手つきで茶筒から急須《きゅうす》に茶葉を入れる。

「あ、そんなの俺がやりますよ、桐島さん」

「伊月《いつき》でいいよ」

「えっ？」

「名前のほうが呼ばれ馴れてんだ。どっちが名字か判んないこの珍名だけに」

「はあ」

「それに君はお客さんなんだから、ツバメ一家でも見てなさい」

そう言われても、ひとのオフィスを我が物顔で闊歩《かっぽ》するにはまだ、若干《じゃっかん》の遠慮がある。

結局は坐《すわ》ったまま、茶を淹《い》れる桐島を眺めていた。

目の前には、ほかほか湯気を立てる今川焼き。

やがて、湯飲みをふたつ、丸盆に載《の》せて桐島が戻ってくる。

「どうぞ。あったかいうちに食べちゃいなよ」

「はあ。いただきます」

夕雨は遠慮なく今川焼きに手を伸ばした。かぷっとひと口囓《かじ》ると、白餡《しろあん》が出てくる。皮の香ばしさと餡の甘さがマッチして、なるほど桐島も衝動買い（？）したくなるわけだと納得した。

桐島も同じように今川焼きを手にし、ふたつに割る。

「おっと粒餡だ。ユーちゃんは？」

「俺は、白ですけど」

「そっか。なあ、粒餡のほうも食いたくない？　うまいんだよ、ここの」

「は、はあ」

「じゃ、半分ずっこだ。はい」

「えっ、でも俺齧っちゃったし」

夕雨は躊躇《ちゅうちょ》する。が、桐島は気にしないふうに夕雨に半分に割った粒餡の今川焼きを渡し、半ば強引に夕雨の齧りかけの半分を取る。

「実は、あとうぐいす餡のもあるんだよなあ。見かけじゃ判んないのが弱点だが。この俺さまの眼力をもってしても、これぱっかりは」

身を乗り出すように今川焼きを凝視しながら、桐島はあっというまに粒餡を平らげ、夕雨から奪った白餡にかぶりつく。

あ……。

胸が高鳴る。

夕雨の食べかけの今川焼きを、桐島は平気で齧っている。いささかの躊躇もなく、極めて自然で無造作に。

間接キス、という語が厭でも浮かんでしまう。恥ずかしい。でもそんなことも、桐島は気にしていない様子だ。

「食べないの？」

粒餡の今川焼きの半分を手にしたまま、動けないでいる夕雨に、桐島は初めて気づいたように顔を上げる。

「あ、もしかして実は粒餡は苦手だとか？　そんなら言っていいのに。遠慮なく」

「そ、そんなことないですっ。いただきます」

夕雨は周章《あわ》てて、今川焼きを口に運んだ。餡の甘さがほどよくておいしい。けど、桐島の手が割った、と思うだけでなんかどきどきしてしまう。意識しすぎか俺？

こんなこと考えてるのが判ったら、どうなるんだろう。

そういえば、この人には奥さんとか恋人とかいるんだろうか。

夕雨はあらためて桐島を眺めた。左手をさりげなくチェックするが、そこにはリングが嵌《は》まっていない。けれど、結婚していたって、指輪を身につけるようなタイプではない。リングもなにも、装飾品なんか一切なく、嵌まっているのは右手の時計だけ。左利きなんだ。そんなことも、初めて知った。

美形だなんてほど遠い容姿だが、ひとに安心感を与えるのは、顔の造りだとかそういうのではなく、この持って生まれた空気感ってやつなのだろう。独特な魅力を放つ、どこから見ても男らしい男。

いないはず、ないよな……半ばがっかりしながら思った。奥さんにしても恋人にしても。モテないはずがない。周りの女が放っておくわけがない。

「ユーちゃん」

不意に呼ばれて、ぎょっとした。いつにない真剣な表情。だが、続いたのは、

「どれだと思う？　うぐいす」

そんな脱力な問いだった。

それでも夕雨はテーブルの上に広げた包みを乗り出して検分する。餡が透けて見えるようなことはなく、どれもこれもが同じ種類に見える。困った。

「ええと……これかな？」

言って、顔を上げた夕雨ははっとした。

桐島の顔が、ほんの数センチ先にある。

けれど、狼狽を誘うようななにかがあるわけでもなかった。そう言う桐島も身を乗り出して、うぐいす餡を見極めようとしていただけのこと。

「ほんとに？　そう思う？　絶対？」

「い、いや、そんなの判らないですけど。カンだけで」

「ようし。じゃ、ユーちゃんのカンに賭《か》けてみるとするか」

止める間もなく、桐島は夕雨の指した今川焼きを割っていた。

中から現れたのは——緑色の餡。

「やった！」

「おお、当たった当たった。大正解」

半分をよこしながら、桐島は満足気に言う。

「さすがだ。ユーちゃん、プロ今川焼きの中味選定家になれるよ」

「そんな職業、ないですよ」

思わず返した夕雨に笑うと、桐島はさて、と包みを元通りにたたたんだ。

「あんま長居させても、怒られるからね、君んとこの人に。なんだっけ、あのど迫力の姐《あね》さん」

「中原さんですよ」

「あ、そうそう。中原の姐さんにどやされる」

てことは、もう帰れってことなんだろうか……自分で制限時間を決めておきながら、やや気落ちする夕雨である。

それでも、バルコニーにいた時よりはずいぶん、気分が軽くなった。事情を教えたり、ましてや泣き言を訴えたわけでもないのに。

「悩みは少しは解決した？」

夕雨を送り出しながら、桐島は今思いついたかのようにそう訊《たず》ねてきた。え、と問い返す夕雨に微笑《ほほえ》みかけた。

判っていたんだ。俺が落ち込んでるってこと。あの、五階を見上げた時に、もう。

それでいて、根掘り葉掘り訊《き》くでもなく、こうして普通に遇してくれたんだ。

雲間が切れて、頭上にぱあっと陽光が射してきたみたいな気がした。

「少しどころか、すごいなんか、軽くなった感じです」

で、正直に答える。

「そうか。よかった。あ、そろそろ時間だな」

桐島はちらっと壁の時計に目をやった。

「ほんとだ。いい加減戻らないと、中原さんに怒鳴られちゃう」

内心残念だったのだが、夕雨はそれを悟られないよう腰を上げた。

「じゃ、今度メシでも食う？」

桐島はなにげなく言う。

ほんとに？

誘われた喜びと、猜疑心《さいぎしん》が交互に訪れて、夕雨は「はい」と答える以外にはなかった。大人のただの、社交辞令ってやつかも知れない。落ち込んでいる様子の隣のバイト君を慰めるための、いわゆる常套句《じょうとうく》。

けれど、それでも喜びを感じないわけにはいかない。「今度」というのがいつなのか判らないにしても。ただ桐島の心遣いが嬉しかったのだ。

と同時に、その人のほうへ傾いてゆく自分の心も、はっきりと意識していた。

5

夕雨《ゆう》は急いでいた。

印刷所からの連絡がなかなか入らず、ドミノ倒し的に作業がずれ、バイトを上がる時間が遅くなってしまったのだ。

腕時計を何度も見ながら、電車に飛び乗り、駅に着くや走り出す。

今日は夕雨の誕生日だったのだ。

昼間、衛藤《えとう》から事務所に電話がかかって来て、「お祝いしてやるから来い」と言われた。いつもの通り、有無を言わさぬ物言いだが、忘れないでいてくれたこと、夕雨のために店をリザーヴしてくれたことは、やっぱり嬉しい。

指定された店は、六本木にあった。

数えるほどしか行ったことのない場所で、しかも夜のことで、交差点で信号待ちをしている職業不明の男女に、それだけのことで夕雨は気後れをおぼえた。

横断歩道を渡り、防衛庁のほうに向かって歩いてゆく。やはり得体のしれない若者、そして外国人とやたら擦《す》れ違った。

アークヒルズのそばにあるビルの、地下一階に店は入っていた。居酒屋かなんかだろうと思っていたのに、どうやらクラブらしい。

夕雨は自分の身なりをしげしげチェックした。誕生祝いなんて期待していなかったから、学校に行く時の恰好《かっこう》そのまんまである。ユニクロで買ったTシャツとリーバイスのジーパン。羽織っているのは、古着屋で買ったプルオーバーという具合。

気がひける。でも中に入れば一人じゃないんだからと自分に言い聞かせ、思い切ってドアを開けた。途端、賑《にぎ》やかなユーロビートの洪水が耳に飛び込んでくる。

出迎えた店員に、衛藤の名を告げると、心得た様子で奥に案内される。そこは、貸し切り用の個室になっているらしかった。

二人なのに、個室なんて。贅沢《ぜいたく》だな、というのと同時に官能的なシーンが一瞬頭に浮かぶ。

ま、まさか。

が、そんな想像なんて、しなくてよかったのだ。

中には、男女取り混ぜて十人ほども揃《そろ》っていた。

驚いて立ち竦む夕雨に、中ほどの席から衛藤が手を上げてみせる。

「よう、遅かったじゃんか、主役」

「あ、この子なんだ、衛藤君の隠し玉って」

「うわあ、可愛《かわい》いー」

「そりゃ、自信満々で『来てからのお愉《たの》しみ』なんてもったいつけるわけよねえ」

あちこちから飛んで来る声に、夕雨の胸には厭《いや》な予感ってのが去来する。これじゃ合コンじゃないか。

二人だけの誕生パーティ、なんて甘い夢を見ていた自分が莫迦《ばか》らしく感じられた。そもそも、衛藤にそんな細かい気配りなど期待してはいけなかったのだ。

それでも、空いていた席に腰を下ろす。衛藤の隣。いちおう、気は遣ってくれているということなんだろうか、人見知りの夕雨に対して。

それにしても。

夕雨はテーブルに居並ぶ男女の群に、失礼にならぬ程度に視線を走らせた。

みんな同じ学校なんだろうか。その疑問はすぐ解ける。女の子は全部、女子大の学生らしい。

なんだよやっぱり、合コンなんじゃんか。

女子大生との合コン、というのが衛藤の誕生日プレゼントなんだとしたら、まるっきり大はずれだとしか言えない。愉しくないもの。「女はダメ」だからではなく、せっかくのアニバーサリーに合コンでもてなす奴がいるか、という素朴な不満である。

それとも、この中から誰か「お持ち帰り」していいってことなんだろうか。

思いながら巡らせた視線が、ぴたと止まる。

向かい側の奥にいる男。

衛藤の同級生になる彼が、どことなく桐島《きりしま》に似ていたから。

どことなく、といったって、その主だったものは容姿なのだが。気張ったなりで坐《すわ》っている他の同級生と較《くら》べると、顕《あき》らかにカジュアルなファッション。暢気《のんき》そうな顔つき。桐島より身長はないだろうが、体格は似ているといえた。

なんとなくそちらを気にしながら、夕雨はそれでも、衛藤に誘導されるまま誕生パーティならぬ合コンの席における当たり障りのない会話ってやつに参加させられる。中味なんてない、サッカーと芸能人と就職の話。就職だって、二年の彼らにはまだ現実を伴う問題なんかじゃないのだろう。誰それさんはどこそこにコネがあるんだって、とか、なんとか先輩は成績が悪くて入社試験を軒並み落ち、今はフリーターだとか、そんな話題だ。

なんで人間ってのは、他人の悪口を言う時こんなに生き生きするんだろう。

俺の知らない誰かの不様を、俺が聞いてても愉しくない。

自然、夕雨は適当に相槌《あいづち》を打つか、黙っているしかなくなった。つまらない。酒も呑《の》めないし、所在なく例の、桐島を思わせる男のほうを見やったりもする。と、はずみで相手と目が合ってしまい、ぎこちなく視線を逸《そ》らした。どうしようか。

すると、

「ねえ。すっごい大人しいのね、彼？」

女の子の声がして、夕雨は顔を上げた。

ちょうど真向かいに坐っていた女子大生が、やや身を乗り出すようにこちらを見ていた。内巻きカールにピンクのシャネルスーツっていう、どこのOLかと悩むような恰好。

少し動いただけなのに、香水の匂《にお》いがぷんと漂った。

「あんまり喋《しゃべ》らないの？　あ、お兄さんお姉さんばっかりで、退屈なのかな」

「緊張してんだよ、田舎者《いなかもの》だから」

衛藤が勝手に答えた。

「やだ、だって衛藤君の高校の後輩なんでしょ？」

彼女は笑った。

「それじゃ自分も田舎者でーすって宣言してんのと同じじゃん」

「おー、そうか。衛藤は田舎の子かあ」

忽《たちま》ち、尻馬に乗る男どもが出現する。衛藤を貶《けな》して嬉しげなのは、よほどそういうチャンスを待っていたという証かもしれない。どこへ行ってもその場を制圧する男など、周りの男たちが疎《うと》ましがらないわけがない。

「いいじゃない、衛藤君のことは」

「そうよ。あたしだって彼あんまり喋らないなあーって思っただけ。出身地のことなんて、べつに関係ないわよ」

忽ち女子軍が反論を開始、結果的に衛藤はなにもしないでも勝利をおさめる形だ。

「でもほんと、可愛いよねえ彼、広崎《ひろさき》君？」

顕らかに憮然《ぶぜん》としている男子勢。女の子の一人が、とりなすように夕雨に話題を戻した。

「ね、携帯教えて？　あたしも教えるから」

「うわ、いきなり直球ー」

「やるねえ」

再び活気づいた場はそれでよかったとして、夕雨は答えられない。そう言われても、教えられるのは自宅の電話番号ぐらい。

「あー、ダメダメ」

困惑する夕雨をフォローするように、衛藤が夕雨の肩を抱いた。

「こいつ、携帯持ってねえから」

「うそっ」

「マジかよ。この二十一世紀の世の中に。そんな若者がいるなんて」

「なんでなんで？　携帯なくって、生活できるわけ？」

「や、持ってても使えねえんだよ。こいつって、こう見えて超アナクロ野郎だから。いまどき、『吉岡美穂《よしおかみほ》さんって、大学の同級生ですか？』なんて言っちゃう奴。俺、倒れたもん」

「ウケるー」

爆笑の渦が広がって、みるみるうちに一座は盛り上がる。

けれど、夕雨自身は面白いわけがない。

肴《さかな》にされている。それ自体は仕方のないことかもしれない。最年少で、一人だけ大学生でもなく、しかも初めての相手ばかりの中にいきなり放り込まれたのだから。

こういう立場は、バイト先でも経験している。けれど、彼らの、夕雨を見る目は、例えば浅《あさ》沼《ぬま》や中原《なかはら》がバイトで最年少の夕雨に対する時のそれとは全然違う種類のものだった。温かさも、労《いたわ》りもない。

こんな所、厭だ。

これ以上、いたくない。

夕雨はもぞもぞと衛藤を窺《うかが》った。そもそも始まりはこいつだったんだから、ここで俺が席を蹴《け》って立ったところで、文句の言える筋合いじゃない。

そう思っているのに、

「あれ、どこ行くの、ユウ？」

問われて「ちょっと、トイレ」と答える自分が情けない。

「気分悪いの？　酔っ払っちゃった？　介抱しようか、あたし」

「酔っ払うわけないさ。あいつ呑めねえもん」

衛藤の声が背中を刺した。

トイレに逃げ込むと、夕雨は洗面台に凭《もた》れてふうと息をついた。ほんとうにもよおしたわけでもないから、することもない。

鏡に向かう。可愛げのない仏頂面が映る。愛想ゼロって自覚はあるから今さらだけど、初対面の相手とすんなり打ち解けるなんてできない。でも、二十歳《はたち》にもなってそんなこと言ってる場合じゃないのだろうか。いずれ社会に出て、サラリーマンにはならないにしてもなにか自分で仕事をやっていくとなると、無駄な愛嬌《あいきょう》も振りまかないよりは振りまいたほうがいい、ぐらいのことは判る。

もう一度ため息を落とした時、鏡の中にふいと人影が現れた。

「あ――」

夕雨は振り返り、はっとする。

たしか高原《たかはら》とかいった、例の、桐島を思わせる彼である。

「治った？」

他にリアクションができないでいる夕雨に、高原は親しげな笑みを浮かべる。笑うと、ほんとに似てる……夕雨はまじまじと相手の顔を見ていた。それはそれとして、なにが「治った？」なんだろう。

そう思ったら、

「ちょっと酷《ひど》いよね、奴ら。特に衛藤。先輩なんなら先輩らしく、もっと気遣ってやれよっての」

そういえば、携帯のことで皆が爆笑している時、高原だけは笑わなかったのだった。夕雨は俯《うつむ》き、いいえと言った。

「俺、愛想ないし。こういう場って苦手なのに、判《わか》ってて自分で来たんですから」

誕生祝いをやってやる、と言われたことなんかはさすがに言えない。それじゃ、衛藤の悪口を言っていることになる。

「だって、呼んだのは衛藤だろ?」

気がつくと、高原との距離はずいぶん接近していた。夕雨は戸惑いながら相手を見上げた。これ以上接近したら、身体がくっついちゃうよ。

「莫迦だな」

高原は笑った。桐島を思い出し、夕雨はその笑顔に見とれる。

「え?」

「衛藤。こんな子がいるのに、放ったらかしてあんなアホ女子大生と合コン三昧《ざんまい》。俺ならそんなことはしないけどね?」

「……」

言われている意味が、いまいち判らない。

「君、衛藤とつきあってるんだろ?」

「えっ」

そのままをずばり直撃され、咄嗟《とっさ》に反応ができない。

「大丈夫。隠さなくたっていいんだよ？　あいつの性癖は既に有名だから」

ということは、今夜ここに集っている全員が、俺をそんな目で見ていたってことなんだろうか。

羞恥《しゅうち》と屈辱が交互にこみ上げてきて、夕雨は高原がさりげなく腰に腕を回していることに気づかなかった。

「あ、あの」

気づいたのは、その腕の中にすっぽり囚《とら》われてしまった後である。

「た、高原さん、あのー」

「嬉しいな。名前、憶《おぼ》えてくれたんだ？」

「そうじゃなくてっ。俺は」

この人も衛藤と同種なんだろうか。いや、実際そうなんだろう。見下ろす顔に、いやらしい笑みが浮かんでいる。

それはもう、どこも桐島になんか似ていない。

「気に入ったんだよ、君が」

「そんなこと言われたって」

放してください、もがく夕雨をいよいよきつく抱きすくめてくると、

「いまどき携帯も持ってない、素朴で純情な子。俺、感動しちゃったんだよね」

……一人だけ笑わなかったのは、そういう意味か。笑った奴らと結局は、同じメンタリティだってことだ。

トイレに逃げた夕雨を追いかけてきたのも。心配なんかしたんじゃない。近づくチャンスを狙っていただけ。

こんなことをするための、下心だったってだけ。

「や、やめてくださいって」

「厭がるなよ。衛藤なんてやめな？　あいつ、他に何人、君みたいな相手がいるか知ってる？」

しかも、友だちの悪口をそれとなく口にするなんて。

だが今はそれどころじゃない。夕雨は必死に高原の胸に腕を突っ張り、近づいてくる唇を避けた。

「なんで？　キスぐらいいいじゃない」

そして、高原の声はもう完全に笑っている。

「馴《な》れてんだろ？　こんなこと。衛藤とだってしてるんだろ？　これ以上のことまで」

「！」

「君はあいつにはもったいないよ。俺なら君だけを見つめて、君だけ可愛がってあげる……『マイ・フェア・レディ』みたいにさ」

「やだよ、離せよ」

夕雨はじたばたもがく。なにが「マイ・フェア・レディ」だ。ひとをなんだと思ってやがんだ。

「二人でこれから、どこかへ行こうよ。いい店知って――」

皆まで言う前に、高原はう、と声を発する。

その腹を、夕雨の膝《ひざ》に蹴られたからだ。

「莫迦にすんな！」

うずくまる高原に向かって、夕雨は吐き捨てた。

「俺が、なんだって？　衛藤さんのことなんてよく言うよ。お前のほうがよっぽど最低だっ」

「お前、そんなにあいつに惚《ほ》れてんのか。あの、薄っぺらい軽薄男を」

腹を押さえたまま、高原は立ち上がる。今やなんら隠すところはなく、正体をすっかり露《あら》わにして。憎々しげに言う。酷薄そうな眼差《まなざ》しは、桐島より衛藤と同じだ。

「どんなクズだって、お前よりゃましだよ！」

捨て科白《ゼリフ》を吐いて、夕雨はトイレを飛び出した。そのまま、出口に向かった。

結局はこうなるんだ――誕生パーティなんかじゃないことが判った時点で帰ったほうがよかったんだ――俺はあいつらの、慰みものにすぎなかったんだ……。

膚寒《はださむ》い路上を駆けながら、夕雨は悔しさで頭が破裂しそうになっていた。

寒いわけだ。羽織っていた上着を店に置いてきてしまった。

少し冷静になってから、そうと気づく。

が、在《あ》り処《か》が判っているからって、あそこに戻る気にはなれなかった。

衛藤の怒り顔が脳裏に浮かぶ。

けど、だいたいあんたのせいだからなっ。

悪びれる気持ちなんて、起きるわけもない。

とぼとぼ、駅まで歩く。十時過ぎの六本木の町は、あい変わらず賑やかだ。そこにもかしこにも、カップルの群。

泣きたいのをなんとか堪《こら》え、夕雨は電車に乗った。

自分のアパートとは、逆方向の電車だ。

どうしてそんな気になったのかは判らないが、オフィスに戻ろうと思っていた。そこなら俺の居場所だから。嘲笑《あざわら》ったり、下心まんまんで近づいてくる奴もいない。

辿《たど》り着いたオフィスには、しかし鍵がかかっていた。

ドアノブを何度もがちゃがちゃさせたが、開かない事実は、誰も中にいないことを証明している。

こんな日に限って……脱力して、夕雨はそのままドアに凭れてしゃがんだ。いつもなら、夜中の一時、二時まで仕事をしているなど珍しくないのに。浅沼など、事務所のソファをベッド代わりに泊まり込むのもままあるのに。

いっそこのままここで寝てしまおうか。夕雨は頭をこつんとドアにぶつけた。ろくな夢、見そうにないけど。

向かいのドアを凝視する。桐島翻訳工房の看板が目につく。まさか。思いついて引いてみたが、やはり扉は閉じたままだった。

夕雨は再び床に坐り込んだ。なにやってんだ俺。こんなとこにずっといたって、誰か迎えにきてくれるわけでもないのに。携帯を持っていないから、こっちの友だちと連絡もとれない。専門学校のクラスメイトは誰も彼も個性的で、夕雨みたいに「たまたま」入っただけの者などついていけない。そのくらい、夢を叶えるために頑張っている。

俺の夢って、なんなんだろうな……。

恋人がいるというだけの理由で上京して。

どこでもいいから適当な学校に入って、講義もいいかげんに流して、学校よりバイトに精出して。

考えれば考えるほど心がうなだれてゆく。

不意に頭上から声が降ってきた。

「うわっち、驚いたー」

桐島は、心底びっくりしたという表情で、うずくまる夕雨を見下ろしている。

「ユーちゃん？　なにやってんの、こんなとこで」

「桐島さん……伊月《いつき》さんこそ、なんで？　帰ったんじゃないんすか」

「俺は、忘れ物を取りに。お、察するに君も同じ穴のムジナだな？」

桐島は、アサヌマデザインスタジオのほうを見やった。

「誰もいないの？　入れんの？」

「そうみたいっす」

「そりゃ困ったなあ」

桐島は首を捻《ひね》る。夕雨の頭越しにドアノブを引っ張るが、もちろんびくともしない。

「あちゃー。ほんとに帰っちゃってるよ……ユーちゃん、鍵は？」

夕雨はかぶりを振った。バイトにそんなものを預けるわけがない。信用されていないわけではなく、必要がないので。

「どうしようか。ＪＡＦに電話してみるか。って、車やないっちゅうねん」

一人でノリツッコミを披露《ひろう》した後、真顔になる。

「管理人室にならあるはずだよ？　頼んでみようか」

「い、いいス、いいです」

夕雨は周章《あわ》てて手を振った。もちろん、ここにいる理由も教えない。

でも、と思った。

心のどこかで、期待していたんだろう。

ひょっとすると、万にひとつぐらいの偶然でこの人が来てくれるんじゃないか、って。

そんなの魔法使いにでもならない限り無理だって。

自分で希望して自分で否定していたのに、事実その人は目の前にいる。

「じゃ、そこで待ってな。ユーちゃん、メシは？」

「あ……え、まだ」

さっきの店で口にしたのは、ウーロン茶とオードブルを少しだけ。

「そうか。じゃ、一緒に食おうか」

「えっ？」

「あ、予定ある？　無理にとは言わないけど」

「い、いや。ないです、ないっス、予定なんて」

正確には「なくなった」のだが、くだんの予定のことを考えると気が滅入るので、夕雨はそれ以上考えないことにした。

やがて、マチつきの大判の封筒と上着を抱えた桐島が出てくる。左手の鍵をドアに差し込んだ。

「戸締まりよし、と。ユーちゃん、ほら」

手にしていた、水色のパーカーを放ってよこす。

「伊月さん」

「上着、着たほうがいいよ？　さすがに十一月になろうかって時にTシャツ一丁じゃ、風邪《かぜ》ひく……あ、俺のんだけど、洗濯はしてあるからバイ菌などはうつらない」

「そんなっ！　そんなの気にしてません」

桐島の心配りに感動するあまり、言葉が出なかっただけなのだ。知らないふりで、ちゃんと見ている。それでいて、Tシャツ一枚でいる理由などは訊かない。

そんな人。またひとつ、好きにならずにいられない理由ができてしまった。

「さあて、どこに行こうか」

並んでエレベーターに向かいながら、桐島が打診するように言う。

「あ、俺は、あんま気取ったクラブみたいなのは」

さっきの店をやはり思い出している。

すると桐島は、豪快に笑った。

「大丈夫大丈夫、そんなオシャレな店、俺も行きたかねえから。つうか、知らん」

やっぱりこの笑顔だ。それを見上げながら、夕雨は思う。あの高原とは、なんというか深さも厚みも違う。総《すべ》てを包み込んでしまうような、温かな笑顔。なんで似てるだなんて、思ったんだろう。

「そこで相談なんだが」

桐島に話しかけられ、はっと我に返る。

「焼き肉でどう？」

穏やかな笑顔が見下ろしている。

「あ、ハイ」

「いきなりヘヴィーで申し訳ないんだが。俺、今日は焼き肉ってモードなんだよな。でも、苦手なら、他のでもいいよ。寿司でも鍋……はちょっと早いか」

「いや、焼き肉がいいです」

「そうか。よかった」

エレベーターが一階に着いた。

桐島が連れていってくれた焼き肉屋は、オフィスからツーブロック先の曲がり角を少しした所にあった。いま風のしゃれた造りではないが、小汚い店でもない。ごく普通の焼き肉屋で、夕雨は内心ほっとした。

「じゃ、まずはビールね。中生ふたつ」

メニューを見もせずに桐島は、水とおしぼりを持ってきた店員に注文する。

「あ、俺、ビールはちょっと……」

「ん？　なに、いきなりお湯割りから行く？　さては通だな」

「や、そうじゃなくて、あの、ウーロンを」

「呑まないんだ？」

おしぼりで手を拭《ふ》きながら、桐島は言う。どうするかと見護っていたら、そのままくるくると元通りに巻いて、ビニール袋の上にきちんと置いた。

「呑まないんじゃなく、呑めないんです」

やっぱ几帳面《きちょうめん》。ややおかしくなりながら、夕雨は白状した。

「え、十九なのに？」

「……十九だからこそ、呑めないんじゃないですか」

ほんとうは今日で二十歳だが。

「いいよ、おじさん黙っとくから、国家権力には」

「そうじゃなくて、ビールふた口で酔っ払っちゃうから」

言ってから、

「カッコ悪いっすね。いい歳《とし》して」

「いや。最初に言ってもらったら、無理にすすめたりしないし。無駄を省けるでしょ。人間関係も円滑《えんかつ》になるし……えーと、じゃ、なんか苦手なものってある？　他には」

「全然。大丈夫です、食うほうは」

「ハツとかミノとかセンマイ刺しなども？」

「いけますよ」

「そうか。だがセンマイ刺しは俺が避けときたい。適当に頼んじゃうが、リクエストは？」

「えーと、骨つきカルビと冷麺《れいめん》」

「はいはい、カルビに冷麺。って、いきなりメシかよ！」

桐島は、ふたたび笑った。

「や、冷麺は最後でいいです」

「カクテキとかは？」

「大好きです」

ビールとウーロン茶を運んで来たお姉ちゃんに、あれこれ注文すると、桐島は洋服を汚さないために必ず置いてある、よだれ掛け状の紙ナプキンを広げる。

「ユーちゃんは、こういうの、やる？」

「いえ。なんか厭なんで。幼稚園児に戻ったみたいで」

「だよな？　大の男がこれやってんの、トイレで出くわすと、九十パーセント以上の確率で莫迦に見えるんだよね」

「ははっ、言えますね」

「ま、その人たちのような高い服は俺は着てないんで、タレが付着しようがべつにいいってだけなんだけどね」

アイボリーのフードつきジャケットを脱ぐと、カーキ色のTシャツ姿になる。

「でもやっぱ、タレの色は目立ちますよ。それ、ステューシーでしょう？」

「お、ブランドハンターだ、ユーちゃん」

「前、洋服屋で働いてたから……カジュアルファッションの店」

「うわ、プロか」

「ほんの短い間っすよ、そんな、通になるほどいろいろ知ってなんか」

「一目で当てたじゃん、いま。俺の服」

「……。伊月さん、胸におもいっきり描いてある。ロゴ」

ステューシー特有の、崩したサインめかしたロゴは、そのためにいっそう目立つ。

「あはは、ほんとだ」

この人はいったい、どこでどうやって洋服を買っているんだろう。表参道あたりのセレクトショップで、ブランドにもなにもこだわらず、Tシャツをまとめ買いしていそうだ。

「ま、汁が飛んだら、さらに飛ばして模様にするさ」

「伊月さん……」

「このシャツの色が色だけに。茶色って合うんじゃないの?」

夕雨はもう、おかしくて言葉が出ない。

やがて肉が運ばれてきて、二人は黙々と肉を網に乗せる。

「あ、ユーちゃん。ネギタン塩は、そんなに焼いちゃうまくないよ?」

「ほらほら、そっちロース焼けてる」

「あ、それ。コチュジャンちょっと乗せたほうが」

桐島は意外に焼き肉にうるさいのだろうか。細かく指示してくる。面白いなあ。箸《はし》を咥《くわ》えたままそんな桐島を見つめていると、はっと気づいたように、

「悪い……俺って、焼き肉奉行《ぶぎょう》なんだよな」

レバーをひっくり返しながらしゅんとした。

「いちいちうるさい、口出しすんな、あげくお前とはもう行かん！　ってキレられて、友だち何人なくしたことか。迷惑だったら、その旨はっきり指摘してくれ、遠慮なく。この小うるさいオヤジめ！　……ってナス、焼けすぎだよ」

周章《あわ》てて炭化しかかったナスを皿にとる。

「そんなの、思わないですよ。ちょっと面白いかなって思って見てただけ」

夕雨は正直に答えた。

「面白いか。う一ん、やっぱり迷惑がられてるものを感じるなあ」

「ち、違います違います」

夕雨は箸を左右に振った。

「迷惑なわけないじゃないですか。メシに連れてきてもらっといて」

「ん？　だって、約束したじゃん、今度メシでもって」

「え……でも」

口約束じゃないかと思っていたのだ。

「約束は守るさあ、そりゃ」

当たり前を言うような口調に、夕雨はまじまじと桐島を眺めてしまった。

「な、なに？」

「……誕生日だったんです、今日、俺」

「えっ」

桐島はハラミを夕雨の皿に載《の》せてくれながら、目を瞠《みは》る。

と、思ったら急に口を尖《とが》らせた。

「なんだあ、そんなの言ってくれてたら、もうちょっといいとこにしたのに！　こんな焼き肉なんかじゃなく」

「伊月さん、声でかいです」

周りのテーブルの客が、「何事？」とでも言うようにこちらを窺っている。

「……すまん。知ってたら俺もなあ」

「ここでじゅうぶんっス、俺には。それに……」

約束を忘れていなかったことが、守ってくれたことが、約束なんてしていなくたって、今日こうしていることが……差し向かいで坐っていることが、嬉しいのだ。

けど、そんなことをこの人に言って、引かれるのは厭だ。

「それに？」

「腹減ってたから」

我ながら下手な言いわけだと思ったが、夕雨のその答えは桐島を喜ばせた。いいぞ、なんていいながらメニューを開く。

「そうなると、ちょっとグレードアップしなきゃな……特上カルビ、三人前。それとこの、松《まつ》茸《たけ》焼きって自分で焼いていいの？　じゃ、適当に見つくろってよ、二人分」

「い、伊月さん」

店員を呼び止めて次々注文する桐島に、夕雨は周章てた。が、桐島は、

「いいじゃん、お祝いなんだし」

と平気そうだ。

「あ、ほんとはそんなに食えないからやめてってこと？」

「いや、大丈夫です。でも」

「じゃ、ありがたく頂きなさい。誕生日は、年に一回しか来ないんだから」

「……」

その、一回きりしかない記念すべき日に、心を踏みにじられたのだ。

他の日とは違う、大切な日に、嘲笑《ちょうしょう》と屈辱を受けたのだ。

けれど、こうして桐島と向かい合っていると、そんなことはどうでもよくなっている自分を夕雨は思う。

焼き肉ではなく松茸でもなく、好きな人と一緒にいられることがプレゼントだ。約束を守ってくれたのが、なにより嬉しいのだ。

この人は、信頼できる。

夕雨は思った。もちろん、桐島へ向かう思いの正体は、別にあったのだ。でも、好きでも信用のおけない相手だって、いる。衛藤のような……。

「ユーちゃん？」

呼ばれて夕雨は我に返った。桐島は二杯めの生ジョッキを半分ほど空けている。

「どうした、なんかクラいぞ」

言ってから、あ、と気づいたように、

「そうか歳とるのがヤなんだ？　そういえばもう、少年Aじゃないんだねえ。うっかり立ちションもできないよね」

「立ちションで、しょっ引かれたりしないでしょう」

「確かに」

桐島は、夕雨がつい漏らした「しょっ引く」なんていう語にはべつに反応しない。衛藤からしょっちゅう指摘されている、いまどきダサい言葉遣い。ただ笑って相槌をうつだけなので、心中で一瞬過《よぎ》った「しまった」は削除される。

心地がいい。

この人と一緒にいると。

あらためて思った時、向かい側から「デデデデ」とロックンロールのベース音のような着メロが聞こえた。

「お、悪い」

桐島は、椅子にかけてあったジャケットから携帯を取り出す。

「メールか……『うれし荘』って名前のアパート発見！ ってアホか」

ボタンを馴れた仕種《しぐさ》で忙しく動かし、切る。

「いいんですか？」

「いいの、メールだから。大学時代からの友だち。『ただ今デート中。邪魔すんな』って返してやった」

デート、という語に夕雨の胸は高鳴ったが、桐島は特に含むところがあるでもなく、携帯を元に戻す。その間、呼吸を整えた。

「伊月さんは、やっぱ英文科出身なんですか？」

で、当たり障りのない質問を投じてみた。

「ん？ 俺は、建築科」

「えっ、じゃあ、なんで翻訳……」

「技術屋になりそこねたんだ。就職試験、軒並み落ちて」

桐島は笑ったが、夕雨は笑うどころじゃない。どう反応すればいいんだろう、この場合。

「って、うそうそ。そんな顔しなくていいよ」

「伊月さん……」

「いや、建築は建築だし、帰国子女でもないんだが。しかし学生の頃、アルバイトで翻訳の仕事をやってみたら、これが意外な収入になり。注文増えて大繁盛したんで、味をしめてこっちのほうを仕事にすることになりました。最初は自宅でやってたけど、そうなるといろいろ面倒なので、今の所に個人事務所を構え、現在の態勢に。以上」

桐島は目を細める。

「他には？」

やや揶揄《からか》うように問われ、夕雨はえぇー？　と答えに窮《きゅう》する。

いや、訊きたいことなら山ほどあるのだ。

彼女がいるのか、とか。いるならどの程度の仲なのか、だとか。

でもそんなのは、訊ける立場じゃないし……迷っていたら、

「って、なんだかなあ」

突然桐島は箸を置いて頭を抱えた。

「なんでこんな俺の一代記、俺、ハタチの子に向かってしてんだろうなあ」

「伊月さん」

「人見知りで性格狷介《けんかい》な、この俺が」

「そんなことないじゃないですか。伊月さん、全然狷介そうに見えないすよ？」

「そこなんだよ。不思議だよな。公私混同するのが出てきて、うざいから自宅と仕事場を分けたぐらいなのに。俺、ユーちゃん相手だとなんでも口割っちゃうみたいだ。人を煙《けむ》に巻く芸風が、つい……ユーちゃん」

押さえた両手のあいだから、きらり瞳が耿《ひか》った。

夕雨はどきっとしたが、

「……いい刑事になれるよ？」

続いたのはそんな言葉。

「あ、そうですか」

ついむっとしてしまう。それを見て桐島は再び笑う。それからふと真顔になる。

夕雨の心臓は再びとくんと打った。桐島は、なにか言いたげにこちらを見つめている。

と、思ったら、またも「デデデデ」。

「なんだよもう。うるせえな」

桐島は心底面倒そうに携帯を出し、ちらりと画面を見て、電源を切った。

「い、伊月さん」

「いいの、どうせ大した用じゃない」

「そ、そうすか」

「だいたい面倒なんだよな、携帯って。特にメール。どうでもいいことばっか、俺に言ってくんなっての。ユーちゃんぐらいの年頃じゃ、そういうのも愉しいだろうけど？」

言われて夕雨はぎこちなく俯いた。さっきの場面が心を過る。

結局、

「俺、持ってないですから、携帯」

カミングアウトすることになった。

どんな反応が返ってくるのかなんて、判らない。俯いた耳に、

「あ、そうなんだ？」

なんでもなさそうな声が届く。

「いいよなあ」

夕雨は顔を上げた。

高原の面影が浮かんでいる。桐島は腕を組んで笑っている。こうして見ていると、どこが似ているだなんて思ったんだろう。

それとも、これから似るんだろうか。「スレてない田舎の子」と思われて。

「俺だって、持ちたかないよ、携帯なんて。でもまあ、仕事柄持たないわけにもいかず。そしたら各方面から教えろ教えろ言われ、番号教えたが運のつき」

「う、運のつきって」

イタズラメールやワン切り業者など、巷間《こうかん》賑わすあの手の迷惑に引っかかったのか？

「ん。それもあるけど。だいたいが厭なんだよな。いつ、どこにいるか常に見張られているような。人間には行方不明になる権利もあるって思わない？」

夕雨は目を瞠ったきり、そんな桐島を見つめていた。行方不明になる権利。それこそが夕雨が携帯を持たない理由だったから。

「それが、いつでもどこでも居場所を特定され。ユーちゃんが羨《うらや》ましいよ」

「お、俺はべつに……あ、でも教えてくれますか、俺にも、番号」

言ってから、なんて厚かましいんだ俺、と己の大胆さにやや驚く。

「ん？　いいよ。そんなこんなでわざと出ない時もあるかとは思うが……書くもん、ある？」

言われてごそごそ、バッグを探る。水性ペンしか見つからなかったが、桐島は名刺を出してひっくり返し、さらさらなにか書きつけている。

「ほら」

差し出された名刺には、携帯と事務所の番号が両方印刷されていた。さらには裏に、自宅の住所と電話番号が、こちらは手書きである。

これは、ここにかけていいってことなんだろうか。凝視していたら、

「どこにいるか判んない貴兄のために、詳しく書いときました」

「桐島さん、だって行方不明になる権利はあるって」

「だから、出ない場合の押さえとして」

「押さえって」

行方不明になりたいから出ないいんじゃなかったんだろうか。桐島の論旨は意味不明だ。

「そういうユーちゃんも、そんなわけで居場所教えなさい」

「あ、でも俺、名刺なんて――」

「これでいいって」

桐島の差し出したのは箸袋だ。やや気後れを感じながらも、自宅の住所と電話番号を書いて渡す。桐島は丁寧《ていねい》に箸袋をたたみ、財布を出して札入れのほうにしまった。クレジットカードやキャッシュカードがぎっしり詰まったような長方形のそれを勝手に想像していたのだが、ごくシンプルな二つ折りの黒い財布だ。

いいなあと、何度目にかそう思う。飾らない、ありのままの人。自然体なんて、薄っぺらい言葉じゃ言い足りない。そんな人。

惹《ひ》かれてゆく気持ちが、急激に加速するのを自覚した。

でも……衛藤の顔が浮かぶ。俺には言う権利なんかないんだ、こんな気持ちを抱いているってことを。

いや、他につきあっている相手がいるのは一歩譲ってよしとしても、それが男だなんて知られたら。

普通の男なら、引く。

そして桐島から、そんな扱いを受けたくはないのだ。

だから、隠すことしかできないのだ。やるせない心の裡《うち》で、そう思った。

6

「それじゃお先に失礼します」

「はい、ご苦労さん」

「お疲れー」

残っている他の二人の声を後に、事務所を出る。エレベーターのボタンを押し、上がってくるのを待つ。階数ランプが点滅して、ドアが開いた。

「あ……」

「お、ユーちゃん。今、帰り？」

桐島《きりしま》はいつものように屈託なさげに声をかけてくるが、なにかが違う。

なにが違うのか、すぐに判《わか》った。桐島はスーツ姿である。黒い上下に、外したワイシャツのボタン。Tシャツ以外の恰好《かっこう》を目にするのがそもそも初めてなのだ。

「伊月《いつき》さん……お見合いでもしたんですか？」

狼狽のままに、一番そうであって欲しくない可能性を口にしてしまう。

すると、

「近い」

「近い、って……」

「結婚式帰りだよ」

桐島は笑って、片手に下げた巨《おお》きな紙袋をちょっと上げてみせた。引き出物が入っているのだろう。いかにも重そうな感じ。

「結婚式」

「ちょっとやり残しの仕事があってね。終わらせないことにはどうにも気持ち悪いから、やっつけちまおうかなって」

「はあ」

頷《うなず》きながらも夕《ゆう》雨の視線は桐島に釘付けである。上着とシャツの間のVゾーンを見て、気づいた。

「伊月さん、ネクタイは？」

「ああ。こんなもんは恥ずかしいから、とっとと外した」

無造作にポケットに手を突っ込み、白いネクタイを示して見せる。

「いかにも結婚式帰りでーす、だろ？　これじゃ。って言ってもまあ、こんなでかい荷物抱えてちゃ即、判《わか》るか。恥ずかしっ」

笑う桐島を見上げながら、夕雨はそういえばと思い出した。

「俺も来月、結婚式なんです」

「ええっ⁉　ユーちゃん、二十歳《はたち》で結婚すんの？」

「や、違う違う、俺じゃなくて姉が」

「お姉さんが？　なんだ、もう、驚かすなよ」

「すいません……で、俺、ネクタイ自分で結べないんですよね。伊月さんは、できるんですか」

とりたてて俎上《そじょう》に載《の》せるほどの話題ではないが、少しでも長い時間、桐島と喋《しゃべ》っていたかった。

「俺は、だって高校の時ブレザーの制服だったから。ユーちゃんとこは、じゃ、学ラン？」

夕雨が頷くと、「うわあ。見てみてぇ」と、揶揄《からか》うように言う。その後、真顔になった。

「じゃ、ちょっと練習してみる？　ここで」

紙袋を床に置く。

「いや、べつに誰かに結んでもらえるだろうけどさ。お父さんもお母さんも、いるんだろ？」

「あ、でも、できるなら自分で結びたいですよ、そりゃあ」

「そうか。じゃ、ちょっと失礼」

桐島の手が伸びて、夕雨の首をひと巡りする。首筋に一瞬だけその指が触れ、夕雨の心臓はぴくりと跳ね上がる。

「まずはこうやって、細いほうを下にして……こっちをこう持ってきて……」

桐島の説明なんか、半分も耳に入っちゃいなかった。

ただもう、首や肩に触れる桐島の手だけに意識が集中してしまって。少し屈んだ桐島のつむじが動き、触れあわんばかりの距離に桐島の顔がある。首筋に息がかかる。

「で、きゅっと引っ張って、一丁あがり」

桐島は半歩ほど下がって、検分するように夕雨を眺めた。

「うーん……TシャツGジャンに、ネクタイは合わないな」

「はあ」

まだ鼓動がおさまらないまま、我ながらまぬけな声で返事する。

「ま、当日はちゃんとスーツだろうから。憶《おぼ》えた？　手順」

桐島は、またするりと夕雨の首からネクタイを外す。

「はあ……」

他のことに気をとられて、見ていなかったなんて言えない。

「じゃ、まああとは家で練習したまえ……あ、ユーちゃん、バームクーヘン好き？」

「え？　あ、はい。甘いものは苦手じゃないですけど」

「じゃ、持って行きな。って、べつに自分の荷物を減らそうとして言ってんじゃないぜ？　俺、車だし」

「そ、そんなこと思いませんよー」

そして、桐島が袋から取り出した、バームクーヘンのケースを受け取る。真ん中にセロファンを張った丸い窓が開き、ホワイトチョコレートでコーティングされたクッキーに「寿」のチョコレート文字。

典型的な、「結婚式で配られるバームクーヘン」なのだった。

「ほんとはお茶でも淹《い》れて、一緒に味わいたいところなんだが。ちょっとそんな暇もなくてね」

「いいですよ、そんなの」

詫《わ》びるかのような桐島に、却《かえ》って恐縮してしまった。

「じゃ、またメシでも」

片手を上げて、桐島は去って行く。

その背中を、見えなくなるまで見送る。

エレベーターはとっくに閉まり、いま二階で止まっている。

ほんの一瞬触れただけの桐島の指や掌《てのひら》の感触が忘れられない。

ネクタイはなくなっても、まだ首筋にその温もりが残っているようだった。

自宅に戻ると、留守番電話の赤いランプが点滅していた。

首に手をやりながら、ボタンを押す。

『——あ、俺』

馴染《なじ》んだ声が聞こえてきた。反射的に夕雨は身構える——なにを知られ、また直接話しているわけでもないのに。

『九時ぐらいにそっちに行くから。じゃ』

厭《いや》な予感は結局的中したわけだ。夕雨は時計を見やる。九時ちょっと過ぎ。ぐらい、ってことはそろそろ来るってことだ。

ふたたび首筋を押さえる。そこになんの痕跡が残っているわけじゃないのに、こんな気持ちで衛藤《えとう》に会いたくなかった。

が、だからってまた外に出るわけにもいかない。すでに衛藤はすぐ近くまで来ているんだろうし、下手《へた》をすると階段の辺りで出くわす危険性、高し。

おろおろ迷っていたら、呼び鈴が鳴った。

ぴくりとして、夕雨はドアのほうを振り返った。

誰だかなんて、確かめる必要もないのだが、ドアスコープをこわごわ覗《のぞ》く。あきらめて、開いた。

「よう」

衛藤はコンビニのビニール袋を下げている。

「土産《みやげ》」

中にはビールのロング缶が半ダースばかり。夕雨が呑《の》めないことを知っていて、なにが「土産」なんだか。

だが、黙っている夕雨に照れ笑いを浮かべつつ、

「このあいだはその……悪かった」

言われたら、夕雨も微笑《ほほえ》み返すしかなくなる。なんだかんだ言ったって、憎めない人ではある。

「お前のこと、笑い者にするつもりじゃなかったんだぜ？」

「ん。判ってる」

「むしろその……馴染めるように気を配ったつもりなんだが。俺としては。お前あんまり愉《たの》しそうじゃなかったし……」

言いわけを聞きながら、夕雨はぼんやり、衛藤のシャツの胸の辺りを眺《なが》めていた。

そんなこと言ったって、愉しいわけないじゃん。

一人だけ、大学生じゃないし。

衛藤との間柄は、隠しておかなきゃならないし。

隠したって、判る奴には判るんだし。

脳裏には高原《たかはら》の顔が浮かんでいた。

トイレで受けた、侮辱的な言葉と行為。

それを思い出せば、今この場であっさり衛藤を赦《ゆる》してしまっていいんだろうかという気にもなる。

けれど、高原とのことは衛藤には言えない。

中途半端な自分の立場。衛藤の手が伸びた。

「あ、え、衛藤さんっ」

玄関先で抱き竦《すく》められ、夕雨はじたばたもがく。

「やめて……やめろよっ」

「ヤリてえんだよ」

思いもかけない抵抗に遭《あ》って気を悪くしたか、衛藤はぶすったれた顔で直截的《ちょくせつてき》な言葉を吐く。

「俺はそんな気になれない」

夕雨は踵《きびす》を返した。

が、それですむ相手でもない。

部屋のほうに逃げた夕雨を、衛藤が追ってくる。1DK。狭いアパート。逃げ場なんてそんなにない。

「なにを怒ってんだよ?」

結局追いつかれ、夕雨は衛藤の腕の中でじたばたしながらその言葉を聞くことになる。

「べ、べつに怒ってなんか……」

「だって、こないだだって気づいたらいなくなってたしさ」

「……」

「田舎者《いなかもの》呼ばわりしたんで怒ってんだろ? だから悪かったって言ってんじゃん。けど、考えてみろよ、俺の後輩って紹介してんだぜ? お前のこと嗤《わら》うつもりだったんなら、俺だって俺自身を嗤うことになる。だからさ」

「な、なんだよ」

近づいてくる唇を避けながら、夕雨はぶっきらぼうに言った。

「そんな気じゃなかったってこと——考えすぎなんだよ、お前はよ」

腿《もも》に硬い感触が当たっている。

衛藤の欲望が、そこにある。

謝りにきただとかなんだとか言ったって、結局こうじゃないか……が、衛藤は最初に「やりたい」と宣言しているのである。その点、嘘はつかない男。

だが、卑怯《ひきょう》じゃないからって、こっちにその気がないものをやすやす受け入れられるだろうか。

「や、やめ……む」

結局唇を塞《ふさ》がれてしまう。

口づけながら、衛藤の手は夕雨の腹や背を撫《な》で回した。

夕雨の身体を、知り尽くしている男の愛撫《あいぶ》だ。感じないわけにはいかない。顔が耳が頭の中が、次第に熱くなってくる。

「お前だってその気じゃん」

やがて夕雨をベッドに押し倒すと、器用な指がジッパーを下げ、指がするりとジーンズの中に忍び込んでくる。

「あ……」

衛藤に言われるでもなく、キスと簡単なタッチだけで夕雨の股間《こかん》は形を変えている。

でもそれは決して、「衛藤とやりたい」証ではなかった。

ただもう、生理的に反応してしまっている、というだけで。

「や、やだよ衛藤さん」

「なにがヤなもんか、こんなにおっ勃《た》ててよ。スケベ」

「！」

「なあ、気持ちいいだろ？」

衛藤の指が、巧《たく》みに夕雨のその部分を揉《も》んでいる。絡みつく。扱《しご》き立てる。

「あっ……あ、ああっ……」

夕雨は衛藤のシャツをぎゅっと摑《つか》んだ。甘えるのではなく、ただ縋《すが》るものを求めただけ……けれど、こうなっている以上、なんと言いつくろおうがそれは言いわけにしかならないのだろう。

伊月さん……。

しかし、心の中では桐島を呼んでいる。

俺、あなたのことが——。

衛藤に抱かれながら、他の男を浮かべる、というのは背徳行為だと思う。

どちらに対しても……けど、もう他のことは考えられないし。この指が、この唇があの人のものならば、と思えば感じ方も数段違う。

俺はひどい卑怯者なんだろうか。

こんな場面で、自分の気持ちを胡麻化《ごまか》すためにあの人のことを考えるなんて。

伊月さん——伊月さん——伊月さん！

いくら呼んだところで、それは叶《かな》わぬ夢なのだ。

裸にした夕雨を四つに這《は》わせ、衛藤が後ろから貫いてくる。

「あ――っ」

獣の姿勢で男を受け入れながら、夕雨は一際高い声を放った。

「夕雨……好きだよ、夕雨……」

呼びながら、衛藤は背中に唇を押し当てた。

「あ……」

背骨をぞわりと駆け抜ける快感。

理屈じゃないのだ。

もうこの身体が、こうした行為をなんとも感じない……いやむしろ、待ち望んでいるのだ。

後ろから烈《はげ》しく突きながら、衛藤は前に手を回して、萎《な》えかけた部分を握る。

前と後ろを同時に攻め立てられ、夕雨は頭をのけぞらせてただ、喘《あえ》ぐ。

シーツに飛び散る汗。

獣の匂《にお》い。

これが俺なんだ。

よがり狂いながら、それでも頭のどこか醒《さ》めた部分がそう言っていた。あの人を好きになったって、しょうがないよ。あの人はこんなお前のことなんか、知りやしないんだよ。

「ああ……衛藤さん、もっと」

夕雨は自ら腰を突き出し、ねだった。

「もっと烈しくして、もっと奥まで来て……っ」

「ユウ……ユウっ」

いつになく乱れる夕雨に欲望を掻き立てられたのか、衛藤の動きが烈しくなる。腰を抱え直し、打ちつけるように抽挿を繰り返す。

「ああ……」

どちらの口からも甘い吐息が漏れ、瞬間、衛藤が身を震わせた。

どくどくと体内に放たれる熱い礫《つぶて》を感じながら、夕雨はシーツに倒れ込んだ。

7

桐島《きりしま》のことを考えながら衛藤《えとう》に抱かれ、そんな自分にいっそうの嫌悪をおぼえる。

翌朝、バイト先で顔を合わせても、どこかぎこちなくなる夕雨《ゆう》である。

溜まった掲載誌――アサヌマデザインスタジオで手がけた広告写真が載《の》っている――を事務所の前に出していると、向かいのドアが開いた。

反射的に夕雨はびくりとし、桐島はそんな夕雨をべつに不審にも思わないのか、

「やあ」

いつものように、屈託のない笑顔を向けてくる。

「……」

返答のないのにも平気そうに、積み上げた雑誌の山に身を乗り出してくると、

「あ、『銀嶺《ぎんれい》』のバックナンバーだ。これ、要《い》らないの？」

インテリア専門誌を指した。

「どうぞ」

そっけなく答えたが、それじゃいかんと思い直して、

「要るんなら、持ってっていいっすよ」

「ほんと？　じゃ、借りようっと」

「いや。返さなくていいです」

桐島はようやく、夕雨の様子がいつもと違うことに気がついた様子だ。

「ユーちゃん？」

「や、あの……うちではほんと、入れた広告の確認用なんで……中味に興味なんか、いや、その、そもそもそれ、旧《ふる》いし」

雑誌媒体は、ある程度溜まったところで古本回収に出すことになっている。桐島が手にしているのも、半年ほど前の雑誌だ。

無愛想に対応し、そんな自分を周章《あわ》ててフォローし、結局しどろもどろ。なにが言いたいんだ俺、なにをしたいんだ結局。

自分でも判《わか》らないことが、他人に判るはずもない。桐島は不思議そうにこちらを見下ろしてくると、

「じゃ、遠慮なく貰《もら》っとく。あ、ユーちゃん」

事務所のほうにとって返そうとする夕雨を呼び止めた。

「おいしい栗羊羹《くりようかん》貰ったんだけど、時間あったらお茶飲みに来ない?」

「……」

夕雨はしげしげとそんな桐島の、のほほんとした笑顔を見上げる。俺がどんな気持ちでいるかなんて考えも気づきもしないまま、お茶だとかなんだとかに誘ってくる……。

考えもしないもなにも、こっちだってそれらしいアクションを起こさないからだ。気づかれないようにしていて、気づいてくれないもくそもない。

頭ではそう判っているのに、とった態度は最悪だった。

「俺、そういうふうに思われてるわけですか」

「は?」

「バイトで、どうせ役にも立ってなくて、やることないだろうから誘って自分の暇つぶしにしてもいいだろうって、そういう気軽な相手って思ってるわけですか」

言った後で、しまったと思う。言葉は回収できない。桐島は、呆気《あっけ》にとられたような顔で、急にべらべらまくし立てる隣のオフィスのバイト君を眺《なが》めている。

「ユーちゃん。なんかあったの？」

次には穏やかな顔で、そう訊《たず》ねた。

怒りもしないんだ……微かな落胆。なにかあったも何も、何もないから八つ当たりしている、しかも当人に、なんてややこしい心理の回路なんか、説明できるものではなかった。

立ち尽くす夕雨の後ろから、救世主が現れた。

「なにやってんの？　ユウちゃん……あら、こんにちは」

中原《なかはら》の大声が、とりあえず場の空気を変える。棒立ちになった夕雨に、どうしたのと訊ねた。

「いや、今広崎《ひろさき》君をお茶に誘って、つれなくされただけですよ」

桐島は丁寧《ていねい》な調子で言う。

「あらあ。それは私たちをさしおいて、うちの貴重なバイト君に油を売らせようなんてするからよお。ユウちゃんは、真面目な子なんだから」

「はあ。すいません。身に染みました……じつは、その、うまい栗羊羹を頂いたものでね」

「栗羊羹？」

中原の目が輝いた。

で、結局、桐島をこちらのオフィスに招くことになる。茶菓子持参でお呼ばれする客なんて、聞いたこともない。桐島はしきりに照れながらも、仕方なさそうに入ってきた。

けれど浅沼《あさぬま》も中原も、そんな桐島を歓待する。狭い商談コーナーに場を移して世間話。

しかし、桐島はやはり多少気恥ずかしいのだろう。大人らしく相槌《あいづち》を打ちつつも、なんとなく困ったふうに、茶の支度をしている夕雨のほうを見る。

「じゃ、桐島さんて英語ペラペラなんだ?」

話題は、桐島の仕事のことらしい。

「や、喋《しゃべ》るほうはそんなでも。帰国子女とかじゃあ、ないですから」

「でもすごいよねえ。あのわけの判らない説明書の内容が理解できるなんて」

「はあ……や、それほどでも」

「俺なんか、こないだハワイで買ったGショックの時間合わせとかできなくて、そのままだもんよ」

「浅沼さん、気ぃ短いもんねえ」

「あ、じゃ、俺やりましょうか」

「いや、それが。どうせ読めねえつって、説明書捨てちゃった」

「それはめちゃめちゃ、短気ですね」

桐島がようやく、笑い声をたてたので、夕雨はなんとなくほっとして、羊羹のアルミパックを開く。うわあ。

いきなりの黄金色《こがねいろ》である。純粋に栗だけで練《ね》ったらしい餡《あん》に、大粒の栗が散りばめられている。切り分けながら、どきどきしてしまった。初めて見る、こんな贅沢《ぜいたく》な羊羹。

浅沼たちも同じらしい。夕雨がトレイを運んで行き、「うまい羊羹」の全貌《ぜんぼう》を知るや歓声を上げた。

「生きててよかったあ」

中原の溜め息混じりの賞賛が、ちっとも大袈裟《おおげさ》ではない。甘さがしつこくなく、さらりと口の中で溶ける。

「いいのかねえ。こんなのを我々がよってたかって」

「や、気にしないでください」

桐島はやっぱり照れながらも、実家のほうの老舗《しにせ》が出している、特別製の羊羹だと教えた。年に六十本しか作らないらしい。桐島の実家から送られて来たのだが、滅多に手に入るものではないという。

「六十本！　じゃあ私達、この先の人生で二度と出会うかどうか判らない、貴重な体験をしているわけね」

「いや、それは大袈裟にしても、俺も何年かぶりで見ましたから、これ」

言いながら桐島はちらりとこちらを窺《うかが》う。

おかしくなってしまった。感謝されて、リアクションがとれず、助け舟を出されたがっているのが判るから。

それで夕雨は、桐島の実家が山口であることや、工学部出身の理系エリートが、学生時代のアルバイトが思いのほか当たったために今あるということ、その仕事の内容などを、さりげなく、だが詳細に説明してやることになった。

浅沼も中原も素直に感心したり、讃《たた》えたり。

この二人のフレンドリーな応対ぶりに、桐島も心を開かざるを得ないのだろう。だんだんいつもの調子になってきた。

そうなるとそれはそれで、なんだか寂しい気のするものだ。愉《たの》し気に語らう桐島たちを眺めながら、夕雨はなんとも複雑な思いに囚《とら》われる。

参ったなあ。

ほんとに好きなんだ俺、この人のことが。

こんななにげないシーンで、独占欲としか呼べない感情が浮上するほどに。

どうしよう。

「あ、ユーちゃんが幽体離脱してる」

桐島の声に、我に返った。いつもそうするように、にんまり顔の猫が正面で笑っていた。

「オトナな会話について行けなくなったんだな？」

浅沼が言い、皆笑った。

夕雨も笑った。

けれど……。

心では、べつのことを考えていたのだ。笑われている自分なんかはどうでもよく、桐島に恋をしている自分のことばかりが気にかかる。

「ユウ、ほら、カメラ、カメラ」

浅沼は陽気だ。ひとしきり笑った後、なにを思ったか命じられ、「はあ?」と夕雨は返す。

「そんな一生に一度味わえるかどうか判らんもんを頂戴《ちょうだい》してるんだ。ここは記念撮影に決まってるだろう」

「えっ」

「言えた。天然記念物ものの羊羹との、思い出の一枚ね」

「大袈裟だなあ」

困ったように肩を竦《すく》めながらも、桐島は注文に応じて彼らと並ぶ。

「あ、セルフタイマーにしなさいよ」

いい加減にカメラを構えた夕雨に、中原の指示が飛ぶ。

「え、いいすよ俺は」

「だめだめ。こういうのは、縁起物なんだから」

浅沼までが言い出す。いったいどんな「縁起」なんだと思いつつ、夕雨は不承不承に三脚を立てた。

「はい、じゃ行きますよ」

やはり適当に言って、セルフタイマーのボタンを押す。

それから走って行って、彼らの間に入った……いや正確には、ソファの後ろに立つ桐島の脇に立ったのだが。

なるたけ離れるようにする。見切れていたって、べつにかまわない。

そんな夕雨の肩を、ぐっと引き寄せる桐島の腕。

「！」

夕雨は目を瞠《みは》った。

「そんなに離れてちゃ、入んないだろ？」

桐島が、抱いていた肩を離してくれた時には、既にシャッターが下りた後だった。


自分がどんな顔をして桐島に肩を抱かれていたんだかは判らないものの、このまま気まずいままなのは厭《いや》だ。

いや、「気まずい」たって、それは夕雨の側だけなのであり、桐島はべつだん変わった様子もない。

お茶の時間を切り上げて自分のオフィスに戻る時、こそっと耳元で「機嫌は直った？」と囁《ささや》いただけだ。なんとも答えられないでいる夕雨に、にまっと笑って踵《きびす》を返した。

判らないといえば、いちばん判らないのはこの人かもしれない。

その背中を見送りながら、夕雨は思った。

「しかし珍しいよねえ。お向かいさんがお茶しにくるなんて」

送り出した後、中原は不思議そうに首を傾げている。

「縁あって向かい合わせになり早一年、日々顔を合わせてるってのに、一緒になにか食べたり飲んだりするのなんて、初めてじゃないですか？」

「たしかに。あんな愛想いい奴だとは知らなかったわな」

「ハンサムってんでもないけど、なんか気になるルックスしてるでしょ。カッコいいことはカッコいいんだけどなあ、と思ってはいたんだよね」

「おい姉やん、お前ひそかに狙っとんのか、あいつを。ダンナに言いつけるぞ」

顎《あご》に指を当てて思案のポーズをとる中原を、浅沼は揶揄《からか》うように言った後、

「しかしユウ、いつのまにまた、仲良くなったんだ？　桐島さんと」

極めてプリミティブな疑問だが、問われ、「いつのまに、ってー」と女子高生みたいな語尾伸ばしで対応してしまう夕雨だ。

「だって、なんだか妙に詳しいじゃない、彼氏のこと。出身とか大学の頃のバイトとかさー。俺たちマブダチだぜ、みたいな？」

「ち、違います」

相手の言う「彼氏」が「カレシ」の意味ではないと判っていつつも、夕雨は動揺で言葉に詰まってしまう。

「お使いの時に偶然会って、挨拶《あいさつ》とかしてただけです」

「挨拶？　そんなんならあたしだっていっつもしてたよ。けど、いつも、はあ、なんて伏し目がちなさ。だから、翻訳家なんて言っても、なんとかロマンスシリーズ、みたいなのを恥ずかしながら男だてらに訳しております、ってなオタク君かと思ってたわよ」

「おい、ひでえな姉やん、それは」

たしかに中原のそんな勝手な想像はあんまりだが、彼らにとっても桐島は長らく謎の人物だったらしい。

「でも、話すとやっぱいい男よね。緊張しいなのかな？」

「ま、あれはモテるな。って、どうでもいいけど、家庭毀《こわ》すなよ、中原。怨《うら》まれるのは俺なんだからな」

「判ってますってば」

……けれど、夕雨の桐島に対する疑問はまた別格だ。そもそもその意味が違う。

なにをどう感じ、行動しているのだか。

夕雨の態度に腹を立てているのか、いないのか。

そんなことはどうでもいいのか、それは夕雨だけに対して？

なんのことはない、好きな相手からどう思われているかを知りたいけど知るのが怖いの、なんて友だちに交換日記で打ち明けている女子中学生と変わりない。

そんな自分は、とても情けない。

そんな情けない自分の非礼だけは、せめて詫《わ》びなければならない。

だから、その夜夕雨は桐島の自宅に向かった。

名刺の住所を頼りに探し当てたそこは、思っていたよりずっと瀟洒《しょうしゃ》な低層の高級マンションだった。桐島はそこの、三階に居を構えているらしい。

当然オートロックである。それもドアを開けると奥にさらにドアがあり、外から入るには磁気カードを通さなければ開かないシステムになっているのだ。アポイントをとっていない夕雨には、インターフォンを押すことすらできない。

どうしよう。

辺りを見回すが、公衆電話のようなものはなかった。

外に出て、電話を探すしかない。

エントランスを出かかった時、向こうから人影が現れた。

夕雨は足を止める。

そして、立ち竦む。

桐島だった。

一人ではなかった。

女性が一緒だった。ほっそりとしたシルエットと、服装で判る。

二人がエントランスに入ってきた。

桐島も夕雨に気づいた。呆然《ぼうぜん》と立ち尽くしている夕雨を見、あ、という顔になる。

「ユーちゃん」

「ど、どうも」

こんな場面で、どんなリアクションをとればいいのか判らない。

結局、まぬけな挨拶をすることとなった夕雨に、桐島はなにか失態を演じたかのような複雑な顔になる。が、すぐに連れを振り返った。

「先、行っててくれる？」

それだけで、二人がどういう間柄なのかは判った。

それでも、凝視してしまう。肩までの髪。柔らかな雰囲気の、美しい人だ。ヒールのせいもあるだろうが、夕雨とさほど身長が変わらない。モデル出身のなんとかという若手女優に、どこか似た雰囲気の美人だ。

そして、おそらくは合い鍵を渡されている仲。

あれはモテる、という浅沼の言葉が呪《のろ》いのように蘇《よみがえ》ってきた。

「じゃ」

桐島の——恋人の知り合いと見たのだろう。夕雨にちょっと会釈《えしゃく》すると、ドアのほうへ向かう。

夕雨には難攻不落の砦《とりで》にも等しいドアの内側へ、いとも簡単に消えていった。

それだけでもう、夕雨は打ちのめされている。敗北感、といったって、そもそもなにをどういう理由で争っていたんだか、そんな勝負ははなからない。

「どうした？　なんかあった？」

桐島は、そして、やや落ち着きを取り戻して夕雨に向き直った。

いつもの明るい顔。慈しむようにかけられる言葉。

でも、いつもと同じような気持ちで、夕雨はそれを受け止めることはできない。伊月《いつき》さんに気遣ってもらって嬉しい。なんて思えるだろうか、この場面。

「……なんかは、今ありました」

しばらくの沈黙の後、下を向いて答える。

「？　今、って……仕事でなにかあったの？」

全然判っていない。

というよりも、判っていて、なおその核心部分を巧妙に回避しているかのように聞こえる。

少なくとも、今の夕雨には。

「なにもない……ありません」

「だって、わざわざ来てくれたんだろ？　言ってくれたら、帰りにでもどっかで待ち合わせてメシでも食ったのに」

そして、その後恋人を部屋に呼ぶのだろうか。自分に片恋をしている、頼りなげな二十歳《はたち》を適当にあしらった、その後で。

あの美しい人を抱き、二人だけの濃密な時を過ごし、さっきまで一緒にいた、うじうじした向かいのバイト小僧の話なんかはすっかり頭から消え去り。

「——ユーちゃん？」

「いいです、もう」

「いいって」

「用事なんてありません。じゃっ」

どう考えても矛盾《むじゅん》した答えなのだが、夕雨は言い捨ててエントランスを飛び出した。

「あ、おい、ユーちゃん？　ユーちゃん」

後ろで呼んでいる桐島の声が聞こえる。

が、振り返らなかった。

ここで優しい言葉をかけてもらったところで、この虚しさと脱力感は消えやしない。

もういい。

昏《くら》い街路を走りながら、夕雨は心の中で繰り返していた。もういいよ、あの人にはなにも求めないよ、思っていたらいつかは希《ねが》いが叶《かな》うなんて、都合のいい夢想はしょせん、想像の中の世界でしかなくて、現実は結局、こうなのだ。

桐島には恋人がいる。

それも、俺みたいに同性で、しかもその他大勢の扱いなんかではなく、「特別」な存在の恋人。

誰にとっても「特別」になんかなったことがない、それが俺。

桐島にしたら、人生の中で何度も出会ってきたタイプの、へなへなで弱い若い奴、の一人。

衛藤と同じだ。衛藤にとっての俺。伊月さんにとっての俺。

その程度の存在。

消えてしまいたいと思った。

8

どんよりした思いの中でその日も学校に出、課題になっていたイラストを褒められた。

「やるじゃない、ユウちゃん」

「すげえな。あの先生、滅多にひとの作品なんて褒めたりしないんだぜ?」

いつもなら有頂天になるところ、クラスメイトたちの素直な賞賛にも、夕雨《ゆう》は舞い上がるどころではなかった。ぎこちない笑顔でそれに応《こた》え、重い足取りでバイト先に向かう。

「おはようございます」

このオフィスに限ったことなのかもしれないが、たとえ夕刻からの勤務でも、到着時の挨拶《あいさつ》は「おはようございます」と決まっている。

いつものデスクから、中原《なかはら》亮子《りょうこ》が、

「はよ。ユウちゃん。早速だけど、お向かいさんから伝言預かってるよ」

「え」

どきりとする。向かいには桐島《きりしま》しかいない。

「な、なんて？」

「なんだか知らないけど、手すきの時に来てくれないか、だって」

中原は資料の山に埋もれたまま、ひっつめ髪の頭を上げる。

「やっぱり君たち、マブだちだったのね？　用ならあたしが伝えますったら、いや、本人に来て欲しいんだなんてさあ。あーやしいの」

「そっ、そんなんじゃないっす！」

意味ありげに含み笑いをされて、必要以上に否定してしまった夕雨である。声がうわずっている。いい役者にはなれないかもしれない……じゃなくて、目指さなくてよかった。

「そう？　じゃ、今んところ、急ぎの用はないから。二十分なら赦《ゆる》す。行っといで」

「え、でも俺……」

「なんだか困ってたっぽいよ？　あのポーカーフェイスが。それはそれで見物だったけどね。いい男が困ってる様子なのはさ」

中原は言って、豪胆な笑い声をたてた。

それでなし崩《くず》し的に、というのでもないが夕雨は躊躇《ちゅうちょ》しながらも桐島の事務所のドアを開ける。

桐島はデスクでパソコンに向かっているところだった。英文の資料のようなものがデスクに広げられている。察するまでもなく、仕事中。夕雨は気後れをおぼえつつ、

「こんちは」

小さい声で言う。桐島が顔を上げた。

「お。来たな。じゃ、とっておきのコーヒーを淹《い》れよう。ゴディバのフレンチバニラ」

「そんな、あの、どうぞおかまいなく」

いきなり昨夜《ゆうべ》の所業について釈明を迫られるものと思っていたので、案外穏便なリアクションに夕雨はほっとした。

ソファに腰かけていると、やがてなんとも甘い香りが漂ってきて、パーコレーター片手に桐島が現れる。もういっぽうにはマグカップをふたつ引っかけていた。

「ちょい巨《おお》きめなんだけどね、カップ。アメリカンで淹れたから大丈夫だろう」

カップにコーヒーが注がれると、香りはいっそう引き立った。フレンチバニラの甘い匂《にお》いの中で、夕雨はしばし、桐島から呼び出されたという事実を忘れる。

向かい合って坐《すわ》り、しばらくはコーヒーの香りの中に心がふわふわ泳いでいた。

けれど、そんな時間は長くは続かない。

「ところで」

カップを置いた桐島が真面目な顔で切り出した。

来た、と夕雨は身を竦《すく》ませる。

「昨日は、なんだったの？　俺に用があったんじゃないの？」

「いや……はあ、まあ」

なんとも煮え切らない言葉を返す。

「なに」

再び問われる。

「や……大したことじゃないんで、ほんと」

「大したことじゃなくってもさ、家のほうに来られたんじゃびっくりだよ」

「……すいません。今度からはアポとってから」

「そういうことじゃなくて」

桐島の語調がやや荒くなり、夕雨はぴくりと肩を動かす。

「家に来るほど、なんかせっぱ詰まった状況とかどうにもなんないことかな？　とこっちは思うじゃない。ユーちゃん携帯持ってないし。さすがに心配するよ」

「……すいません」

夕雨はそうと繰り返すよりできない。

だって、言えるだろうか。あなたを待っていたら、女性連れで帰ってきたことにショックを受け、その場を逃げ出してしまいました、なんて。

男からそんなことを言われるのは、事実上「好きだ」と言われているのと同じである。それを聞いたこの人が、いったいどんな反応を示すのか。

怖い。

知りたくない。

だったらこのまま、「向かいでバイトしている、ちょっと面白い子」でいたほうがいい。ずっといい。少なくとも、避けられる心配はない……。

でも、桐島からするともうじゅうぶん変なのだろうか。突然自宅に現れたなり、「用じゃないです」なんてとっとと逃げ出す奴、だなんて。

「すいませんでした」

ぐるぐるしたあげく、夕雨は結局謝った。

「え？　なにが」

「なにがって、人見知りなのに、こないだ無理矢理っぽくうちのお茶に誘ったのとか」

「ああ？　あーんなの、遠い過去のことじゃん。今じゃ俺、そっちの姉さんとタメ口きけるよ？　まあ怖いからきかないけど」

桐島は余裕の笑顔で足を組み、夕雨の言葉を待っている。

白状するのを、待っている。

なにを？　夕雨が、決して言えないそのことを、だ。

「……それとかいろいろ、なんか俺、ツンツンしたり自宅に押しかけたり……なんか情緒不安定だなっていうか。自分でも判ってるんです。でも、なんかその……いろいろあって」

「いろいろっつうのは、お姉さんの結婚とか？」

勝手に憶測し、桐島は愉《たの》しそうに笑う。

「そうか。シスコンだ……何歳違い？」

「七つ離れてますけど、そんなんじゃないすよ、べつに」

「そりゃあまあ、微妙だろうけど。綺麗《きれい》で優しいお姉ちゃんだったんだろう。それが、どこの誰とも知れぬ男のものに！　腹立つよなあそりゃ」

「……伊月《いつき》さんは、お姉さんいらっしゃるんですか」

「や、俺は長男。下に妹」

桐島は言い、「冷めないうちに飲みなよ」と青磁《せいじ》のマグを指した。

……べつにこの人が想定しているような姉弟関係でもないんだけどなあ……すすめられるままにコーヒーを啜《すす》り、夕雨は複雑な思いに囚われる。

どっちかといったら男勝りの姉。事実、小学生の頃は女の子より男の子の友だちのほうが多かった。中原と最初に会った時、姉を連想した。つまりは、そんな姉。たしかに、黙っていれば楚々《そそ》とした美人に見えなくもないため、年頃になれば結婚したいと考える男もそりゃ現れるだろう。

夕雨はマグで両手を温めながら、紹介された未来の義兄のことを思い出していた。気の毒だ……としか言えない。

「べつに気にしとらんからいいよ、謝らんかったって。俺にもなんか問題があったんだろう」

その言葉に勇を得たように、夕雨は顔を上げた。

「こないだ……」

「ん?」

「一緒に帰ってきた女の人って、桐島さんの彼女ですか?」

「んあ? あぁー……あれね。まあ、そう言えなくもないかな」

桐島の返事が曖昧《あいまい》だったので、夕雨はますます気になる。

「もうずいぶん長くつきあってるんですか? その、それこそ結婚とか……」

華奢で控えめな感じで、どこの誰とも知れない夕雨にも如才ない笑顔を向けてくれた、まさに大人の女の人。

磁気カードをなんの屈託もなく渡すぐらいだから、相当関係は進んでいるのだろう。というより、桐島の年齢を考えれば婚約者、という可能性だってある。

「長い？　ああ、長いっちゃ長いのかな。バイトし出して初めてつきあった奴《やつ》だから」

「……じゃ、同級生？」

「や、違う。翻訳のバイトの、最初に原稿取りに来た奴」

「編集者？」

「まあね」

ということは、桐島より歳上《としうえ》ということだろうか。たしかにこの人には大人の女性が似合う
……本人が大人なので、そう感じるだけかもしれないけれど。

「じゃ、結婚するんですね」

「なんでそこに行くの？」

気づくと桐島は、さっきより硬い顔つきになっている。

何かまずいことを言ってしまったのだろうか。

「なんでそんなこと知りたいの？」

夕雨の内心の震えを見抜いたように、桐島は表情を和《やわ》らげて言った。

「いや……なんでって、その。姉ちゃん結婚するし」

「ほうら、やっぱりシスコンだ」

「ち、違います」

「違わないね。君も知らない深層心理ってやつさ。綺麗なんだろ？」

「べつに……俺に似てるって言われるぐらいだから」

「じゃあ美人じゃん。すごいじゃん」

どきりとした。

「そんなんじゃ」

「俺、ちょっと道間違えたかなあ」

桐島は腕を組み破顔する。

「んなこと言ったって、既に式直前だから、伊月《いつき》さんになんて紹介できませんよ」

「……」

桐島は、探るようななにかを含んだような、深い眼差《まなざ》しで見ている。

見つめられて、夕雨は下を向いた。こんな目をされちゃかなわない。

「そういう意味じゃないんだが」

ややあって、言った。

え、と夕雨は顔を上げる。桐島はすでにいつもの、淡々とした様子でコーヒーを口に運んでいる。

じゃ、どういう意味なんですか？

間違えた道の先に、なにがあるんですか。

間違えなかったら、どうなっていたんですか？

いろんな思いが浮かんだが、結局なにひとつ言葉にはできなかった。

「ま、じゃ、ユーちゃんのご機嫌も直ったことだし。メシ行かない？　今夜」

「えっ」

「あ、用事があるんならもちろん、今日でなくてもいいんだけど」

「ないです。用なんてなんも」

桐島の誘いを断るぐらいなら、姉の結婚式だってキャンセルしかねない。そんな自分を、周章《あわ》ててＯＫした後に、ふっと滑稽に感じる。

こんな気持ちを、この人にそのまま渡せたらいいのに。

同性、しかもちゃんとした恋人のある相手に、「俺はノーマルな人間ではありません」と自ら宣言してどうする。思いっきり引かれるだけじゃん。

「また焼き肉がいい？」

いたずらっぽい笑顔で訊《たず》ねる桐島に、

「や、俺はなんでも」

言いかけ、こういう返事がいちばん厭《いや》がられるんだよな、と思い直す。

「どっか美味しいところがいいです。伊月さんが知ってるとこで」

「そう？　じゃ、和食ＯＫ？　生ものとか食える？」

「ばっちりです」

「よしよし。そいじゃ、とっておきの店にご案内しよう」

「マジっすか？　あ、時間」

そろそろ二十分が経とうとしているところだったのだ。

名残惜《なごりお》しいような気持ちで、しかし夕雨は立ち上がった。

「じゃ、上がりは八時？　その頃にここに来てくれたらいいから」

桐島は言った後、

「ここにったって、ほとんど住所、一緒なんだけどな」

夕雨は笑って、「愉しみにしてます」と桐島翻訳工房を後にした。


で、しょっちゅう時計を気にしながら、バイトに精を出す夕雨である。

「どうしたのユウちゃん、時間ばっかり見て」

中原から、早速チェックが入る。

「さてはデートだな？　いいなあ、若い子は」

「そ、そんなんじゃないです」

お向かいさんと飯を食うだけだと言うわけにもいかない。なにしろ、一年も向かいの事務所にいてほとんど交流のなかったお向かいさんである。急に親密になったと知られては……しかし、中原はすべて察したかのように、

「いいねえ、若くて綺麗な子は、老若男女から誘われちゃうんだから。世の中って不公平だよなあ」

「おい中原、俺だってたまにはお前に飯ぐらい奢《おご》ってやってるだろ」

正面のデスクから、浅沼《あさぬま》が異議を唱える。

「はいはい、一緒にいたって面白くもなんともないおじさんと酌《く》み交わす酒の格別なうまさだけは承知しております」

浅沼は肩を竦め、ちょうどコピーをとっていた夕雨に顔をしかめてみせる。

「そういえば俺も、所長さんにはさぬきうどんぐらいしか連れてってもらったことはありません」

「ほうら」

「なに言ってんだ。東京で本物のさぬきうどんなんて滅多に出会えない貴重品なんだぞ」

開き直った浅沼から視線を移し、夕雨は中原とアイコンタクトをとった。『ほんとにこの人はしょうがないな』。

それでも仕事が途切れることもなく、中原が「めったに酒を飲ませてくれない」を理由に退社することもない。こう見えて、案外人格者。

「ユウー。ソーターめちゃくちゃ」

喋《しゃべ》りながら、他のことに気をとられているうち、コピーの作業を怠ってしまっていたのだった。

――こんなんで俺、ちゃんと勤められるのかなあ。

一年後に訪れるであろう進路の決定にまたひとつ、屈託が訪れたのだった。

で、八時にそそくさとバイトを上がり、向かいのドアを開けた。桐島は、ちょうど上着を着ようとしているところだった。出版社で会った時にかけていた、ブルーのサングラスを今日もしている。

「お、パンクチュアルだな、ユーちゃん」

「伊月さんこそ」

少し待たされるくらいは予想をつけていたのだが、桐島はテーブルに置いてあったポーターのショルダーを肩にかけ、

「じゃ、行こうか」

初めて会った時のようにあっさり言う。

あの時はこの「じゃ」にむっとさせられたわけだけど、今はこのそっけなさが桐島の身上《しんじょう》なんだなと理解している。

そっけないってったって、表面上だけのことで、心まで冷たいわけじゃないことも。

むしろ、優しく気を遣ってくれる人だ。

並んで歩きながら、夕雨は思った。

エレベーターで一階まで下りる。

正面に、車が停《と》まっている。

夜目にもそうと判《わか》る、真っ赤なＢＭＷ。

厭な予感がした。

桐島のほうではむろん、なんとも思わないのだろう。そのまま先へ行くのだが、夕雨の足は止まる。

と、運転席側の窓がするすると開いた。

「よ、ユウ」

予感的中。少し先のほうで、桐島が振り向いた。

夕雨はその場で固まったきり、ひらひら手を振る衛藤《えとう》を凝視していた。

と、助手席で何か動く。

さらに目を凝らすと、隣に誰かが坐っていると判った。よく見えないが、綺麗な顔立ちの少年だった。

「あの、なにか……」

瞬時に二人の関係を察知して、夕雨はわざと他人行儀を装う。内心動揺しつつも、それなりに気を遣ったつもりなのだが、衛藤はそれを聞くやむっとした表情で身を乗り出してくる。

「なに言ってんだよ、わざとらしく」

ちらと桐島のほうを見やった。

「え、いや。そんなつもりじゃないけど」

横にいる、今夜の恋人によけいな心配をかけないためだ。

「友だち？　ユーちゃん」

さらには——それをもっとも恐れていたのだが——桐島が戻ってきた。

「あ、高校の時の先輩っつうか……」

「恋人でーす」

衛藤は陽気に夕雨との仲をばらし、夕雨の背中に電撃を走らせる。

「ふーん」

ところが桐島は驚かない。衛藤から視線を外し、夕雨を見た。

「なんだ、先約があったのか」

「ち、違いますっ。その、偶然いま会っただけで」

「なに言ってんだよ、迎えにきたんだろ、大事なユウをさ」

衛藤は、夕雨の様子で桐島が夕雨にとってどんな存在なのか素早く察したのだろう。やや挑戦的に胸を反らす。

「そっちの彼は？」

「こいつも、恋人」

夕雨は助手席の彼を見た。目が馴《な》れると、びっくりするほどの美貌《びぼう》の持ち主と判った。夕雨と目が合うと、つんとそっぽを向いた。

そりゃ、気に入るはずだよなあ。

こんな場面なのに、夕雨はそんなことを考える。プライドの高い美形は、衛藤がもっともターゲットにしたがるタイプ。ショーウインドウから、道行く人間を誇らしげに見下ろしている値段の高い猫を、高みから引きずり下ろして、その鼻っ柱をへし折るのが大好きなのだ。

その材料として俺が選ばれたんだろうか。次に思い、腹立たしいより情けなくなった。

「恋人が二人もいるのか」

桐島はぼそっと呟《つぶや》き、夕雨のほうを向いた。

「変わった先輩だね」

「だから。ただの先輩じゃないって言ってんだろ」

「まあいいや。じゃ、俺もユーちゃんの『二人目』に立候補しようかな」

衛藤ではなく夕雨のほうを見たまま言うのは、初対面の人間とカジュアルに喋れない性質のためだってことぐらいは判る。だが、言われた夕雨は心臓が止まりそうなほど驚く。

そんなこと、たとえ衛藤を気に入らないからだとしても口にするなんて。

それより、そもそも衛藤の言うことを真に受けているのか、いないのか。それすら判らない。サングラス越しの表情。

「なんだよ。ユウ、お前こいつとなんかあるのか、俺っていうものがありながら」

衛藤のほうでは、真に受けたらしい。口を尖《とが》らせて、いまどき恋愛マンガにでも出てこなさそうな科白《セリフ》を吐く。

「だいたいあんたさあ、夜なのにそんなもんかけて、何者？　芸能人？」

「やめてくださいよ、衛藤さん。この人はそのう……バイト先の人で」

正式に説明しようとするとややこしくなるので、夕雨は「向かいにオフィスを構えている翻訳家」という部分をあえてはしょる。

「ふーん。有名デザイナーなんだ？　顔見られちゃ困るほどの」

「まあ、こっちもあんまり見たくないんでね、いろいろ」

「伊月さん」

「イツキっていうんだ？　あんま聞いたことない名前だけど、その筋じゃ有名なの」

「いまいち。で、先約じゃないんなら、このままユーちゃんを連れて行きたいんだが」

桐島は動じない。

「どこにだよ」

「メシ。そういう約束だったんだけど、先約があるんなら残念だ」

「それで？」

「僕も連れてってくれるかな。二対二のほうがなにかと愉しかろうし」

桐島は剽軽《ひょうきん》な調子で言う。それで夕雨には判る。初対面の衛藤に対し、桐島が些《いささ》かの気後れも感じていないことが。

「なにかと？　……はん、ユウ。お前の連れは、相当スケベだな」

「なんで？　四人いたら、麻雀《マージャン》できるじゃない。えっちな麻雀てあるの？　負けたら一枚ずつ脱いでくとか？　それもなかなか愉しそうではあるな、うん」

「……ユウ」

度し難し、という様子で衛藤は顎《あご》をしゃくる。

動向を決めろ、と言っているのだ。

俺と行くか、この得体の知れない男のほうをとるか。

夕雨は立ち尽くす。それは、桐島と一緒にいたい。助手席の彼に目をやる。衛藤がなんの目的で自分を誘い出しに来たのかは明白だ。

あんなに厭がったのに、結局3Pに応じた夕雨なら、手軽に引っぱり出せるからだ。ゲーム。「みんな俺のオモチャ、但《ただ》し俺以外」、それが衛藤の世界観である。今さらそんなところを責めたってしょうがないけれど、それは子供の言い分だ、と初めて思った。

けれど……。

「ごめんなさい」

結局、夕雨は桐島に頭を下げることになる。

衛藤を選んだのではなく、桐島について行くのが怖かった。

今、この状況で、衛藤と自分の関係は明白だし、桐島の助け舟——「俺もユーちゃんの恋人に立候補しようかな」——が、どこまで本気なのかも知れず、ただはっきりしているのは「俺は男の恋人を持っていて、それはこんなにしょうもない相手だ」ということ。

桐島の目に、自分がどう映っているかが怖かった。

衛藤と行くことを選んだわけではない。

こんな出来事の後で、桐島と一緒にいたくないからだ。

ＢＭＷの後部ドアが開く。

「ごめんなさい、桐島さん」

乗り込みながら、夕雨はもう一度謝った。

「いいさ。また今度、約束のない時にちゃんとセッティングして、飯食おう」

「……すいません」

車窓に映る長身の影が、どんどん遠離《とおざか》る。

衛藤はさっきのバトルが気に入らなかったらしく、助手席のほうにばかり話しかける。レイジという名の、モデルらしい。

どこで知りあったのかは知らないが、手に入れたいものはよくよく、どんな手を使ってでも手に入れる男だ。

レイジのほうでは夕雨に関心もないらしい。それどころか、衛藤にもさほど。

衛藤の考えが読めた。今夜、この生意気なレイジを、夕雨と結託して辱めるつもりなのだ。かつて夕雨がされたのと同じことをして、レイジのプライドをズタズタにしてやろうという魂胆。

それが判って、夕雨はうんざりした。

いや、車に乗る前から、もう辟易《へきえき》していたのだ。そんな悪さになんか、加担したくない。

なのにどうしてこちらを選んだか、と言えば、あのまま桐島といたくなかったからだ。

いたくはない、というより怖いといったほうがきっと正しい。

俺も立候補するかな——あの科白は、きっと夕雨の窮地を救うためのもので、そこに意味なんてない。

と、思ういっぽう、もしあれが桐島の本心だったとしたら……微《かす》かな期待は、あの日マンションで見た、美しい人の面影によってうち破られる。桐島の返事は曖昧だったが、桐島の年齢や二人の様子を思い返せば、やはり「結婚」とか「フィアンセ」という語が浮かんでしまう。

だから、桐島とも行きたくなかった。

同情だけされて、助け舟を出されるのなんて厭だ。

「先輩。そこで停めてくれます？　そこのケンタッキーのところ」

だが、このまま衛藤の言いなりになるのも厭だった。

「なにお前、ケンタなんか食うの？　これから愉しいナイトクルージングに繰り出そうって時に。だっせー」

最後の言葉は、夕雨にではなく助手席のレイジに向けられる。

片頬《かたほお》だけで、レイジは薄く笑ったようだった。

それでも車は停まる。

おなじみの、白ヒゲのおじいさんの人形の前。

ドアから外に出たとたん、夕雨はケンタッキーとは反対方向にむかって走り出した。

「？　おい、ユウ？　ユウー」

後ろで呼ぶ衛藤の声が背中にぶつかっても、どうでもよかった。

9

月が変わるとすぐ、姉の結婚式で実家に戻り、また課題提出などもあり、夕雨《ゆう》は一週間ほどアルバイトを休んだ。

その間も、頭にはずっと桐島《きりしま》のことが引っかかっている。

姉の花嫁姿はなるほど美しかったし、よくもまあ化けたもんだと感心もした。二次会へも参加して、姉の友人たちから恰好《かっこう》の肴《さかな》にされた。

課題はA1判ほどのプラスチックの板にスプレーを吹きつけて絵を描くもので、そんなアーティスティックなコースを選んでしまったものだから制作は難航する。

ようやっと完成して提出し、ほっとしてバイトに復帰した。学校のない日で、朝からオフィスに詰めているが、気にかかるのはやはり、向かいの人のことである。

あんなおかしな別れ方をして、絶対妙だと思われているはずだ。

いや、ただ単に「ヘンな奴」と思われるだけならまだいい。

自分のことを気持ち悪がっているのではないだろうか。

いや、実際その通りだからしょうがないんだけど……。

できれば知られたくはなかったのだ。

普通の、向かいにいるバイトの男の子、って認識だけでよかったのだ。

それ以上の感情を桐島に求めていたというのに、今となっては「なんてことない普通の子」って評価が欲しいだなんて、ずいぶん虫がいいな。でも事実だ。

うだうだ考えたあげく、とりあえず不義理を詫《わ》びなければならないってことだけは判った。それまで放棄して、この上「しかも非常識」がつくのは耐えられない。

意を決して、昼休みに桐島の工房を訪ねた。

「ユーちゃん」

桐島は、ちょうど昼食に出ようとしていたようだ。ラックに掛けてあったジャケットを取りながら、

「久しぶり。お姉さんの結婚式だったんだって？」

「はあ……それとかまあ、いろいろ」

桐島の態度は、このあいだの件のことなど忘れたかのように普通だ。

それとも、あえて触れないようにしているのだろうか。大人だから？

「休憩？　俺も今から飯に行くところだから、一緒に行こうか」

……自分とは関係ない、そう思っているからだ。

夕雨は面《おもて》を上げ、桐島を見た。

「いいです、飯は」

「ユーちゃん？」

「こないだは失礼しました」

「こないだ？　……ああ、あれか」

惚《とぼ》けているのか、鈍いのか。それともそう装っているだけか。桐島は、今思い出したふうに言う。

「俺、せっかく助けてもらったのに、裏切るようなことになっちゃって」

「助けてって？　あの先輩とやらに強引に連れ出されそうになったってこと？」

ようやく核心に触れた。

それはそれで、どきりとする。

「いいんじゃないの」

「いいんじゃない、って」

「結局ユーちゃんは一緒に行っちゃったんだし、厭《いや》がってるんだとばかり思ったんだがそうでもなかったらしいって、俺にまぬけな役回りをさせたってことを気にしてるんだったら、いいよ」

桐島は笑った。

「俺は気にしてないから」

なんでもないふうに笑った。

内心はどう思っているにせよ、なかったことにしようとしている。それが、俺を気遣ってくれているためだというのは判《わか》る。でもそれが、もどかしい。

気にしていてほしかったのだ。

もっとしっかり、こっちを見ていてほしいのだ。

「そうですか。でも俺は気にします」

「？」

「気にするに決まってるじゃないですか。冗談にせよ、『恋人に立候補』だなんて言われたら」

「そうか。ごめん。やっぱ恥ずかしかったか、あれは」

「そんなんじゃないです！」

夕雨はキッと相手を睨《にら》んだ。桐島の穏やかな笑顔。全部判ってるくせに、ないものにしようとしている笑顔。それが俺のためなのか、ほんとはもっと別の「ほんとう」があるんじゃないのか？　薄っすら、そんな疑いさえ頭をもたげた。

「伊月《いつき》さんだって判ってんでしょ？　俺、あいつ……衛藤とつきあってんです。もうずっと、高校の時から」

「そう」

桐島は驚かない。

「だけどじゃあ、こないだ一緒にいた子は？　大変なことになっちゃったんじゃないの、ついて行ったりして」

首を傾げる。

「やっぱりその……鞘当《さやあ》てとかあったりするんだろ？」

「伊月さん……案じてくれるのは判るけど、方向が間違ってると思う」

「そうか？」

「あんなのは、だってしょっちゅうだから。つきあってるったって、べつに俺だけじゃないんです。昔から、いろんな相手とっかえひっかえで。女も男も関係なくモテる人だったから。俺なんてその他大勢の一人ってだけで」

桐島は黙って聞いている。次第に難しい表情になってきた。

「それじゃ、やっぱりあの時、言うべきだったかな」

「なにをですか？」

「恋人だなんだって言ってるけど、君にとってほんとうに彼は大切な人なの？　って……いや、逆かな。ユーちゃんに問うべきだったかもしれない。彼はいい先輩であり恋人……なのかどうかを」

桐島の口調はいたってフラットだ。少なくとも、夕雨の性向や現状に対して偏見は持っていないとは見てとれる。

けれど、なにかが足りなかった。

それを求めるのは、過ぎた希《ねが》いなのだろうか。

「でも、どのみち訊《き》かなかったじゃないですか」

「まあ、そこが押しの弱さっちゅうかね……そんなのは理由になんないか。ユーちゃんが困ってるのが判ったから、ここは俺が勁《つよ》く出ちゃいけないところらしいと思い。いまいち読み違いだったのかな」

「そんなことないです」

夕雨は俯いた。自分のスニーカーの先を見つめる。

「でも、呆れたんじゃないですか」

「なにを？」

「俺がその……男とつきあってるような男だってこととか」

「そうでもない」

目を上げた。桐島は涼しい顔でいる。

「そういう人はざらにいるし。や、ざらって言うのは大袈裟《おおげさ》か。まあ、でもいいんじゃないの」

「でも、キモいって思うんでしょ？」

「思わないさあ。なんで？　誰かを好きになるってことは別に間違いじゃない。その誰かが同性だろうが異性だろうが、そんなことは別に問題じゃない」

「そんなこと言ったって、伊月さん自身はそんな経験、ないんじゃん」

マンションに一緒に帰ってきた、美しい女性の姿が脳裏に浮かんだ。ノーマルの側から判ったふうなことを言われたって、彼岸にいるこっちにはちっとも本当らしく響かない。

そう思ったのだが、桐島はすると、眉間《みけん》に皺《しわ》を寄せた。

どこか心外といった表情で、夕雨はどきりとする。

「……あるんですか？」

「なくはない」

「学生時代とか？」

「あんま答えたくないな」

「……。でも、今は違うんでしょう？　ちゃんと女の人の恋人がいるんだし」

「いや、まあ、女だからって『ちゃんと』してるとは限らないけどね」

「だって、現にいるじゃないですか！」

「んー。まあ、それはそれとして」

「なんなんですか？　やっぱ他人《ひと》ごとだから、そんなこと言えるだけじゃないすか」

なにをむきになってるんだ俺、とも思う。けれど、桐島の優しさや理解ある言葉が、素直に受け止められないことはたしかだ。

「つきあってるったって、ただお茶飲んでドライブしてるだけじゃないんですよ？　判るでしょ。身体の関係だってちゃんとある。男同士で、セックスしてる。そんなの、理解できるんですか？　伊月さんに」

「……」

「ほんとは気持ち悪いんだ、俺のこと」

黙したままの桐島に、やや失望した。が、桐島は視線も逸《そ》らさず夕雨を見ている。

「そんなことない。気持ち悪いなんて思ってたら、飯に誘ったりしないよ」

「じゃ、俺にキスできますか？」

視界の中で、桐島の目がみるみる見開かれる。思わぬ所から爆弾を投下された、という顔に。

だから、やっぱこの人だって他の、普通の常識ってやつを重んじるだけの人なんだ。

そう思った時、桐島が動いた。

身を屈め、突っ立っている夕雨の、無防備な唇に触れる。

反射的に目を閉じた。柔らかな感触。

が、それを感じた時にはもう、桐島の唇は離れていた。

今度は夕雨のほうが目を瞠《みは》る番だった。こんなこと——ふてくされた挑発に、本当に乗ってくるなんて思っていなかった。反応の仕方が、判らない。

唖然としたままの夕雨に、桐島は例の、チェシャ猫みたいな笑顔になる。

「納得した？」

手はジーンズのポケットに入れたまま。

「――するわけないっ」

「ユーちゃん」

呼ぶ声を振り切って、夕雨は工房を飛び出した。


嬉しくなかったといえば嘘になる。だが掛け値なしに喜んでいいのかと思うと、よく判らない。

桐島のキスは、ただでさえ複雑な心をいっそう掻き回した。

嬉しくないはずはないのだ。憧《あこが》れ、心惹《ひ》かれ、大好きな人から受けたキスが、不幸な体験なわけがない。

初めてのキスのことを思い出した。衛藤から不意打ちのように奪われたそれは、それまで特に関心もなかった相手に、急速に引き寄せられていく要因になった。

けれど、桐島は――。

衛藤との関係を知ってもなお、偏見などはないと言った。

じゃあ、それを証明してみせろと迫る夕雨に、本当にキスをした。偏見などないことを、身をもって示した。

あのキスに、それだけの意味しかないのなら、やはり報われてなんかいないことになる。

でも、それ以上の感情がもし桐島にあったんだとしたら……。

家に帰ってからも、夕雨の頭を占めるのはただ、そのことばかりである。

挨拶《あいさつ》のキス、愛情のキス、懇願《こんがん》のキス、相手を支配するためのキス……憐《あわ》れみのキス。

いろんな種類がある中で、桐島のキスは最後の意味にいちばん近いんだろうとしか思えないことが、情けないのだ。

自棄《やけ》になった夕雨を宥《なだ》めるために。

大人の男だ。恋愛の経験で言ったら夕雨など比較にならないだろう。

キスひとつ。それが、人生の中で総《すべ》てになってしまうような中高生の場合なんかとは違うのだ。

そう思っている夕雨自身、もう子供ではない。

キスひとつに、掻き乱されるような純情からは、とっくに卒業している。

なのに……。

手をポケットに入れたまま、というのも夕雨の心を乱す原因だったかもしれない。

キスはしても、手も触れてはくれなかったのだ。

ときめきというなら、あの記念撮影で肩を抱き寄せられた時のほうが、ずっとどきどきしたし、身体が熱くもなった。

冷たいキス。

最後に夕雨はそう結論づけた。愛情とかそんなんじゃなく、夕雨にそれ以上自虐的《じぎゃくてき》な言葉を吐かせないための慈悲なんだったとしたら、それはやっぱり、冷たいのだ。

伊月さん。

ひとの心を覗《のぞ》けるスコープが欲しい。そうしたら、あの不可解な人の本音とかいろいろが、判るのに。

こんなふうに、ぐるぐる感情を掻き回されたりしないのに。

判るのは自分の気持ちだけだなんて、人間の心はなんて不便にできているんだろう。

そんなことさえ、思った。

10

夕雨《ゆう》は桐島《きりしま》を避けるようになった。

夕方、アルバイトに入る時に必ず眺《なが》めていた翻訳工房のドアを、あえて見ないようにする。といったって、視界の隅にはしっかり捉《とら》えていたのだが。

そういう自分が、また情けない。

お使いに外に出る際など、向かいのドアが不意に開いたらどうしようと思ったりする。心の準備もできないまま、急に顔など合わせることになった日には。

実際、使い帰りのエレベーターに偶然乗り合わせたことがあった。

「ユーちゃん」

桐島は親しげに笑いかけてきたのだが、夕雨は顔の強張《こわば》りをおぼえたまま、反射的に壁のほうを向いてしまった。

そうしてから、さすがにこれではまずいと思い直し、「どうも」と答えたが、頭は壁のほうを向いたままである。

そんな夕雨を、桐島がどんな目で見ていたか、その態度をどう受け止めたのかは、知らない。

六階に上がるまで、二人は無言のままだった。

着いてから、「じゃ」と言って別れる。

あきらかに、不自然な状況だった。

だが、キスまでした仲じゃん！　そう笑って、うやむやのうちになかったことにするような性格では、どちらもない。桐島がもとの、無愛想でそっけない人見知りに戻ってしまったことを、そして夕雨は知る。

キスしちゃったから、他人になっちゃったんだろうか。

おかしな話だ。普通は逆のはずなのに。

でも、あんな状態でしたキスなのだからそれでしょうがないのだろうとも思う。総ては、先に挑発した俺が悪い。

なんだか胃が痛くなってきた。

「あら、どうしたの？　ユウちゃん」

腹を押さえながらオフィスに戻った夕雨に中原《なかはら》が心配そうに問うた。

「なんでもないです、ちょっと腹具合が悪くて」

「大丈夫か？　胃薬、あるぞ？」

向こう側から所長も心配そうに言い、夕雨はなにを言うより早く立ち上がった中原から、常備薬を白湯《さゆ》で飲まされることになったのだった。


そんな日が、一週間ばかり続いた。

何度か衛藤《えとう》からは呼び出しの電話がかかってくる。夕雨の悩みなんて与《あずか》り知らない、能天気な声。

いっそのこと誘いに応じて、衛藤の野獣のようなセックスに身を任せてしまおうかと考えたりする。

が、身は任すことはできても、心までそうなれないことも判《わか》っていた。夕雨は自棄《やけ》を起こしかかる自分を戒《いまし》め、衛藤をシャットアウト。すると不満に思ったか、バイト先にまで何度となく連絡がくる。

「俺、働いてんですけど！」

珍しいことではないとはいえ、そうたびたびかけられてはたまらない。公衆電話を使うために一階までの往復の途中、桐島と出くわしてしまう可能性も避けたい。

たぶん後者への恐れのほうが勁《つよ》かったのだろうが、すごい剣幕だったとみえて、衛藤は、

「なんだよ！　その言い種《ぐさ》。俺が遊んでばっかだとかって言いたいわけ」

実際そうじゃんか。遊んでいないとでも、思っていたのか。

夕雨が反応しないでいたら、

「じゃあもういいよ。お前以外にだって、誘う奴なんて俺にはいくらでもいるんだからなっ」

莫迦莫迦《ばかばか》しい。

電話を切った後、心底思った。

いや、衛藤とのつきあいに意味なんて求めたことはそもそもないのだが、なんでつきあってんだろう俺、としみじみ考えた夕雨だ。

それでも、衛藤からの電話でも切れてしまうとやはり一抹《いちまつ》の寂しさはなくもない。

あんな衛藤にさえ見放されてしまったことが、情けない、といったほうが正確かもしれないが。

世界中から取り残されたような気がした。

その日、八時きっかりにバイトを上がり、夕雨はオフィスを出た。

エレベーターで一階まで降りる。

ビルとの温度差が、実際以上に膚《はだ》を刺す。

ダッフルコートのボタンを、一番上まで止めながら外に出た時、ふいと現れた人影があった。

「……伊月《いつき》さん」

「今から帰り？　なんか用ある？」

桐島は革のボアつきジャケット姿である。夕雨よりよほど温かそうな恰好《かっこう》なのに、その声は、なぜだろう、いつもより冷たい。

「え？　あ、な、ないですけど」

「そりゃよかった」

「よかった、って」

「ちょっと来なさい」

桐島は大股《おおまた》に夕雨に歩み寄ると、腕を摑《つか》むようにして促す。

「で、でも、その……」

心臓を飛び出しそうに跳ね上がらせながらも、夕雨は躊躇《ちゅうちょ》する。が、ほとんど拘束されているに等しい状態で、しかも「今夜は暇」と白状してしまっている以上、ここで突然用事なんか思い出したらわざとらしい。なぜだかむっとしている桐島を、さらに怒らせてしまう……。

おかしなもので、避けている相手がこうして目の前に現れると、抵抗力なんかなくなってしまう。

それはやっぱり、嫌いで避けているわけじゃないからか。

でも、こんな場面で心の準備もないまま、どこかに連れて行かれるのも怖い。

背反するふたつの感情を心の中で鬩《せめ》ぎ合わせながら、夕雨は引っ張られるようにして駐車場まで連行された。そこに停まっていた、桐島のチェロキーに押し込まれることになる。

「あ、あの」

どこに行く気なんだろう。そもそもの疑問を思い出した。

だが桐島は答えず、車を発進させた。

なんかやっぱ、怒ってるみたい、だな。

その横顔をこっそり窺《うかが》いながら、夕雨も口を閉ざすことになる。なんて気詰まりなドライブ。

それはやはり、避けていたことで怒ってるのか？　訊《き》くことすらできない。

仕方がないので、窓の外を眺めていた。

やがて、辺りがなんか見たことのある風景になったと思ったら、到着したのは桐島のマンションだった。

「伊月さん、あの……」

さすがにこれからどうなるのか、不安が心を過《よぎ》ったが、桐島はさっさと駐車場を出て、エントランスに向かう。

ついて行くしかない。このあいだは阻《はば》まれたドアが、桐島のカードキーで簡単に開くのを見て、あの夜のことを厭《いや》でも思い出した。

桐島の部屋は、緑を基調にした、小ざっぱりとした1ＬＤＫだった。しかもワンフラットが広い。二十畳ぐらいありそうなリビングに、坐《すわ》り心地のよさそうなソファセットが置かれ、壁には趣味のいいリトグラフが掛かっている。

きちんと整頓《せいとん》された部屋。

「坐ったら」

言われるまで、自分がしげしげと桐島の部屋を眺め回していることに気づかなかった。

部屋が綺麗なのは、彼女がまめに片づけてくれるからなんだろうなあ、と少し寂しい気持ちで思っていたのだ。

「今、なんか持ってくるから。……紅茶でいい？」

「そんなのいいです」

夕雨は、坐りかけていた椅子から再び立ち上がり、桐島と対峙《たいじ》した。

「その、なんで俺をここに連れてきたのか、それをまず説明してください」

「なんで、って」

桐島はすると、困った顔になった。

「自分で判らない？」

「？」

「避けてただろ、俺のこと。ここ最近、しかも露骨に」

「や、でも……」

言いわけを探したが、うまい言葉が見つからなかった。そもそも最初から、言いわけできる状況じゃなかったのだ。なんで避ける？　と問われたら、あのキスの意味を逆に問わねばならない。

その答えを聞くのが怖いから、というのはやはり理由にはならないんだろうか。

「まあ、それに関しては俺も悪いんだが」

すると桐島は、自分で助け舟を出した。

「伊月さんが悪いって」

「俺からまず謝るべきなんだろうな。すまん」

謝る？　すまん？

「伊月さん、なにを言って……」

言葉は途中で切れた。

いきなり、桐島に抱き竦《すく》められて。

「な……」

「やり方を間違えた」

その後、身体を離し、桐島は真顔で言う。

「こうすればよかったんだろ？」

「えっ」

「キスする時に、ポケットに手を突っ込んだまますする奴はあんまりいない」

「で、でも」

一瞬だけだが抱きしめられた感触に、夕雨は身体がふわふわ浮いているような感じをおぼえる。でも、ここで忘我自失している場合じゃない。

「あれは、俺が半分喧嘩《けんか》売ったみたいなもんだし、伊月さんだって本意だったわけじゃ」

「ユーちゃん」

桐島は、腕を夕雨に回したまま、呆《あき》れたように見下ろしてくる。

「俺が、己のリベラルさってのを証明するためだけのために、男の子にキスできると思う？」

「えっ」

その言葉の意味は、今過ったそのままと解釈していいんだろうか。

「伊月さん、あの……」

「気づいてないのはしょうがない。俺も隠してたし」

「隠してたって」

「この歳《とし》になって、まさか男に惚《ほ》れるなんて思ってなかったから」

「――」

「や、歳は関係ないか」

呆然《ぼうぜん》とする夕雨に、桐島は淡々と続ける。

「俺が十も下の男の子を本気で好きになるなんて、そんなのあるわけない。いや、あっちゃいけない。そう思って、自分の気持ちを素直に認められなかった」

「！」

「それでいて、ユーちゃんがそうしたみたいに君を避けることはできず。一緒にいたいと思って、お茶に呼んだり誘い出して飯食ったり。そんななんでもないことで、中学生みたいにときめいてる自分が、アホかって我に返る瞬間もあり。三十年近くまで生きるとね、人間なかなか、素直になれないもんがあるのよ」

「伊月さん、伊月さん」

夕雨はなんとか、桐島を遮った。

「それは、そのう……俺は伊月さんから惚れられてるって思っていいんですか？」

「他になにがあんの」

あっさり言われ、夕雨は再び言葉を失う。

いや、返せなかったのは、その時静かに降りてきた唇を受け止めなければならなかったからでもあるのだが。

優しい唇が夕雨のそれを塞《ふさ》いで、夕雨は夢中で桐島の背中に腕を回す。

桐島の両腕がさらにきつく夕雨を締めつけ、口づけはより深いそれに移行していった。

互いに音を立てて貪《むさぼ》り合い、角度を変えながら何度も重なり合う。舌を絡め、勁く吸う。

頭の中が空っぽになった。あの腕が俺を抱き、あのセクシーな唇が俺に触れている。

考えられなかった。でも現実なのだ。そう思うだけで、昂《たか》ぶる気持ちと身体。桐島の手が背中を這《は》い、夕雨の臀《しり》を摑んだ。

夕雨は下肢《かし》を桐島の足に擦《こす》りつけた。一刻も早く抱いて欲しくて、股間《こかん》は痛いほど張りつめている。

そして、夕雨の腿《もも》に押しつけられる硬い感触は、桐島もまたそれを希《のぞ》んでいる事実を示していた。

が、夕雨の臀をたしかめるように揉《も》んだ後、急に桐島は身体を離した。

「あ……」

夕雨はまだ夢の中にいるようだ。ふわふわ落ち着かない夕雨の肩をそっと押し、桐島はソファに並んで腰を下ろした。

「伊月さん、俺は」

「まだ駄目だ」

「なんでですか。俺、伊月さんと寝たい」

思わず直截的《ちょくせつてき》な言葉を使ってしまい、顔が熱くなってしまった。が、もともと真っ赤になっているのが判るから、今さら照れている場合じゃない。

「俺だって、このまま君を俺のものにしてしまいたいさあ。でも、そうするにはお互い、切らなきゃいけない鎖があるだろ」

「あ――」

今の今まで忘れていた衛藤の面影が過った。互いに「恋人」がいる事実を、ようやく思い出した。

「俺、でも衛藤には会ってないすよ、ここんとこ」

「でも、すっぱり別れたわけじゃないんだろ。いかにその他大勢の一人とはいえ」

「それは……」

「合い鍵を、渡してあるんだな」

口籠《くちご》もる夕雨に、桐島はまた唐突に言う。

その意味に気づいて夕雨は黙した。そう、やっぱりそういう間柄だったんだ。判っていたことを、あらためて確認せねばならないもどかしさ。

「返してもらわんとな……そしたらそれで終わるから」

俺にも、衛藤と今度こそ、ほんとうに切れなければならないと告げている。

それが、桐島のけじめのつけ方なのだろう。侠気《おとこぎ》といったほうがいいか。判っていても、ちょっと落胆した。あんな告白を受けたら、もうここで結ばれるのが自然ななりゆきってもんなのに。

「ところで」

そんな夕雨の内心をどう推察したか、桐島が言った。

「俺は一世一代の告白ってのをしたつもりなんだが。ユーちゃんの気持ちをまだ聞かせてもらってないんだけど」

「そんなの……今ので全部、判ったじゃないすか。だいたい、俺の気持ちなんてとっくに伊月さんは気づいてたんでしょう？」

「でも聞きたい」

あらためて言われると、その言葉を口にするのはやたらと恥ずかしいものだということを初めて知った。

そういえば、衛藤にだって言ったことがない。

ということは、これが人生で最初の経験になる。

「俺、俺は伊月さんが好きです。最初に声かけられた時から……いや、もっと前かも」

言い切った後、案の定かあっと頬《ほお》がさらに上気した。

「こんなに愛想のない仏頂面の男でも？」

「伊月さんは、仏頂面じゃないです。最初はとっつきにくいって思ったけど、でもいいな、とは初めて見た時から、たぶん……笑顔を見たらもっと好きになったけど。豪快っていうか、あんなに愉《たの》しそうに笑う人なんて初めて見たぐらいで、笑顔素敵だなって、そしたら好きになってるじゃないすか、もう」

言っているうちに、なにを言っているのだか判らなくなってくる。

「判った。よく判りました」

そんな夕雨を、茶化すように桐島は遮る。唇を尖《とが》らせた夕雨に、再び顔を近づけてきた。ソファの背凭《せもた》れ越しに頭を撫《な》でられ、頬や額《ひたい》や、顔中にキスの雨が降ってくる。

「俺だって、初めてだったよ」

やがて夕雨の頭を肩に乗せ、桐島は夕雨の肩を抱きながら言った。

「よく知らん他人といて、こんなに愉しくて幸せなのは。いつものように緊張もなく。超気ぃ合っちゃって、リラックスして。普通他人に言わないこともどんどんユーちゃんに喋《しゃべ》っちゃってる俺。こんなこと初めてだし、人生最高の友だちってやつかな、と思ったけどどうも違う。話してるだけで浮き浮きするような、だけどそれだけじゃ物足りないような。この子に触ってみたいなんて、不純な衝動にたびたび駆られる。これはいったいなんだろうって思ったら、やっぱ愛なんだなって思うしかないじゃんか」

夕雨は顔を心持ち上げ、真上にある桐島の耳を舐《な》めた。

「！　うわ、なにすんだよ」

「伊月さん。可愛《かわい》い」

「……大人を揶揄《からか》うな」

「揶揄ってるんじゃないです。嬉しいから。俺も同じ気持ちだから」

「そ、それはどうも……うっ」

桐島は顔を歪《ゆが》めた。

「どうしてくれるんだよ、勃《た》っちまったじゃんか。耳なんか舐めて、そんな嬉しいこと言っちゃってくれるから」

「……キスしてる時から勃ってましたよ？」

「やな奴だねお前」

桐島は初めて、夕雨を「お前」と呼んだ。

それからしばらくなにか思案するふうに首を傾げていたが、やがて顔を上げると、

「絵を描いてくれないかな。一枚」

「絵を？」

「君の描いた絵が欲しいんだが。……難しい？」

「いや、そんな……いいですけど」

なんで、と問う前に、

「それができるまでに俺は俺のカタをつける。だから、絵が描けたら持ってきて欲しい」

それで合点がいった。

桐島は、夕雨が描いているあいだに、恋人と別れ、真新しい自分を夕雨に差し出そうとしている。

そして、夕雨にもそれを希んでいるのだろう。

「判りました……どんな絵がいいですか？」

「どんなんでも。ユーちゃんの絵なら」

桐島は、夕雨の目をじっと見た。

「伊月さん」

頭をぐっと摑まれ、引き寄せられた。ふたたびキス。

今度は軽く触れあわせただけでさっと身を退《ひ》いた。

「やっぱ駄目」

「伊月さん」

「悪いけど、もう帰ってくれる。俺、自信がなくなってきた。自分の理性ってやつ」

その言い方がおかしくて、夕雨は笑いそうになった。けれど、夕雨のほうだって身体の変化を感じていたし、このまま桐島となにもしないでいられる、それこそ「自信」がない。

「じゃ、帰ります」

夕雨は立ち上がった。

「悪いな」

「ううん、伊月さんの気持ちはよく判るから……俺、そういうところもきっと好き、だし」

桐島は情けなさそうに笑ったが、やがてさっと立つと、

「じゃ、送るよ」

「……車でまた、理性に自信なくなったりしませんか？」

「おい、大人を揶揄うなよ」

ちょっとむっと唇を曲げた後、

「平気。俺、車ん中でそういうことすんの好きじゃないから」

ってことは、したことがあるわけだ「そういうこと」。

俺もあるけど……夕雨はその時のことを思い出しかけ、急いで頭から振り払う。

少なくとも今、桐島からのプロポーズに舞い上がるような幸福感の中で、他の人間のことは考えたくなかった。

それはいずれ、家に戻ってからじっくり考えなければならないことだし。

「じゃ、駅まで送ってください」

夕雨が言うと、桐島は微笑《ほほえ》んで、

「そうする」

と答えた。

桐島とて、考えるべきことがきっとあるのだ。

一度だけ見た、あの美しい人のことがふたたび頭を過った。

あの人より、俺を選んでくれるっていうの、伊月さん？

幸せだった。

そして、こんな気持ちを与えてくれた人に、どんな絵を贈ろう？

11

「んあ？」

衛藤《えとう》は剣呑《けんのん》な声を発した。

眇《すが》めた目の先に映っている俺は、どんな顔をしているんだろうなと思いながら、夕雨《ゆう》はもう一度、「別れたい」と言った。

衛藤の部屋。何度もそこで抱かれたベッドの上に衛藤は坐《すわ》り、夕雨は立ったままである。

「なーんだよ、それ」

生まれてこの方、そんな言葉を聞いたことはないかのような呆気《あっけ》にとられた顔。

いや、実際聞いたことないんだろな……思いながら夕雨は、

「終わりにしたいんです、先輩のことは」

あえて「先輩」と呼び、心の中の距離を示そうとした。

が、衛藤には通じなかったらしい。

「だから、先輩とか言うなってんだろ……それに、なんだよ『終わり』とかいうそれ。なにマジな顔してんの、お前」

惚《とぼ》けているのだと、ようやく判《わか》った。ここまで相手から言われて、意味を受け取れないわけがない。

「終わりは、終わりですよ」

だから、夕雨はきっぱり言った。

端整な面に、みるみる不機嫌が浮上してくると、衛藤は立ち上がった。

「マジで言ってんのか」

目に凶暴な光が宿っている。

殴《なぐ》られるかもしれないな、と予測する。

けれど、それでも仕方がないと思った。

「フン」

が、衛藤はすぐに怒りを消して再びベッドに坐り直した。

「莫迦莫迦《ばかばか》しい。べつにいいんじゃないの？　別れたいんなら。お前一人いなくなったって、俺は全然、困らないしな」

ふてくされたような顔で言った。

「うん。俺もそう思う」

「夕雨」

「だったら、俺も気が楽だし。衛藤さんの心身になにも変わりがないんなら、よかった」

「おい」

衛藤の声がまた剣呑に歪《ゆが》む。

「本気なのか？」

「だから、さっき言ったでしょうが」

「俺と別れたい？　別れて、どうするんだ」

「普通に、元通り生活するだけです」

「元通り？　俺と関係なかった頃ってったら、高校生だぞ。そこまで遡《さかのぼ》ってやり直すって？」

夕雨が答えないでいると、そうか、となにか思いついたように言った。

「他に男ができたんだな」

どきりとはしたが、否定はしなかった。

そんな夕雨を、衛藤はなお面白くなさそうに見やる。

「俺よりいい男だってのか、そいつが」

「衛藤さんよりいい男なんて、そんな滅多にいないでしょう」

「莫迦にしてんのか、おい」

ふたたび立ち上がった。避ける間もない。力勁《ちからづよ》い腕に捉《とら》えられて、あっという間にベッドに押しつけられた。

「ふざけんなよ？　おい。いつからだ？」

「いつって」

「そいつと俺と、両天秤にかけてたんだろうが、え？」

言いながら、ぐいぐい喉《のど》を絞めつけてくる。

「判った。この間の野郎だな。お前の恋人に立候補、なんてあのふざけた奴」

「ち、ちが……」

辛《かろ》うじて夕雨は声を発したが、激昂《げっこう》する衛藤には届かない。

「莫迦にすんな――莫迦にすんな――莫迦にすんなっ」

瞳が烈《はげ》しい怒りを湛《たた》えている。おそらくは、人生で味わう初の屈辱。

「あいつとできてんだろ！　はっきり言えっ」

「ぐ……は、離してくれない、と、……」

夕雨は言いかけ、げほげほとむせ返った。「はっきり言え」と言われたって、この状況では一音発するのも困難だ。

衛藤もそれに気づいたか、絞めつけたまま乱暴に唇を塞《ふさ》ぐ。聞きたくない言葉なら、聞かないほうがいい、ということか。

蔽《おお》いかぶさってくる男の唇。逃げられない。歯列を舐《な》め回す衛藤の舌。

けれど夕雨は、しっかり歯を食いしばってそれ以上の侵入を拒んだ。

「そういうことか」

力がゆるめられた。

瞳の剣呑は、消えない。

「……できた。他に好きな人が」

夕雨ははっきり、そう言った。

逃げも隠れもしたくはなかった。

長い眉《まゆ》がキッと上がり、衛藤はのしかかっていた身体をベッドに起こす。

「そんなにあいつがいい男だってのか。この俺より」

衛藤はもうすっかり、相手を特定している。夕雨の否定が聞こえなかったのか、それとも信じていないからか。

夕雨自身にだって、そしてそういった経験はある。「愛してるよ」と囁《ささや》いたそばから、他の相手に会いに行くような男から、さんざん学ばせてもらった。

その言葉が、どれほど空疎で意味がないか。

でも、この場面では言わない。そんなことは、もうどうでもよかった。

「そんなのは……べつに他人が見て決めることだし」

「世間の見解なんてどうでもいいよ。お前から見て、いいかどうかって訊《き》いてんだ」

睨《ね》めつける、鋭い眼光とまともに対峙して、夕雨もさすがに怖い、と感じざるを得ない。

けれど、結論は出さねばならなかった。

小さく首肯した夕雨の頬《ほお》に、力一杯のびんたが飛んでくる。

痛みは感じなかった。

この人とつきあうことになってから、痛みなら数え切れないほど味わっている。

肉体的な暴力を受けたことはないけれど、心はずいぶん傷つき、血を流していたのだ。

それを、衛藤は知っているのか、知らないのか。

ベッドに坐りこんだまま、頭を抱えるように膝《ひざ》に突っ伏している。

と、その目だけが動いた。

「なーんてな」

手を顔から離し、衛藤はまた、もとの軽薄な遊び人の表情に戻っている。

「そんな手には乗らないぜ。俺の関心をひきたくて言ってんなら、それもいいんじゃねえの？

どうせ、俺の人間関係なんて出入りが烈しいんだしな。お前一人いなくなったって、そんなん知るか。関係ねえ」

と、夕雨の科白《セリフ》を理解したんだか、していないんだか判らない調子で言う。

それでいながら、どこかに「そんなはずはない」と確信をしているのが判る。

今までが今までだけに。

つきあい出してから今日まで。

この反対の立場でなら、何度となく繰り返された。浮気をやめない衛藤。というより、誰に本気なのかすら見せなかった、根っからの享楽主義者。

「行けよ。べつに、俺は関係もねえ男相手に、なんだかんだ言う気はないんだからな。今夜お前にキャンセルされたところで、こいつ一本で、誰だろうが呼び出せる」

ベッドの脇に放り出した携帯をしゃくってみせた。

そうなんだろうなあと、夕雨も思う。いつだって、誰にだって、好かれて囲まれて、俺は愛されて当然！　って世界で生きてきた人としては。

そして自分も、そんな人垣の一角にすぎなかっただけだ。

「それじゃ」

「おい」

踵《きびす》を返した夕雨を、衛藤の声が追ってくる。

「俺はそれなり、お前のことは気に入ってたんだぜ？　他の奴らとは違う……全然違う。愛してるんだ、お前だけは。だから……行くな、あいつのところに」

夕雨は振り返り、その衛藤の顔を見た。

いつになく真摯《しんし》な眼差《まなざ》し。哀願するような声。

かつては、この瞳に魅入られたこともあった。この瞳で総《すべ》てを赦《ゆる》し、嘘や偽りを受け入れてきたのだ。

けれど、と思う。誰に対してだってできるのだ、こういう顔を、この人は。今ははっきりそう感じられる。誰にだって言えるのだ。「お前だけ」ってなそんな科白は。これまでにも、夕雨自身が何度も聞いた。

そして、言ったそばからひそむように笑い、ふたたび自分の手に戻ってくるや、また同じことを繰り返す。

それだけだ。それだけ。

よしんば、この場面でそれが衛藤の「ほんとう」だとしよう。だが、信じる、信じないという以前に、心を奪われている人が、他にいる。かつて夕雨を惑わせ、誘い込んだその瞳にも、もう心が動かなくなっているのだ。そこに棲《す》む人が、揺るぎのないその存在がある、というだけで。

ひどい奴なのは、衛藤より俺のほうかもしれない。

「――ありがとう、衛藤さん。それでも、俺はあなたとはやり直せないから」

今度こそ夕雨は背中を翻した。背後でガッシャーンとなにかが投げつけられる音がする。それは夕雨には当たらなかったが、壁にぶち当たってこなごなに砕ける灰皿、コップ、その他さまざまを、急激に醒《さ》めた頭の隅で描いていた。


イラストボードを机に広げる。

A4サイズのそれには、あらかじめトレーシングペーパーで写しておいた下書きが薄い色の鉛筆で浮かび上がっている。

モチーフは猫にするつもりだった。

気を悪くされるかもしれないけれど、桐島に抱いた最初のイメージはそれだったから。

アクリルで色を重ねてゆく。

気に入ってくれるかな。

むっとするかもしれない。

けれど、気に入ってくれるはずだという確信めいた思いが夕雨にはあった。

君の描いたものならなんでも。

桐島は、そう言ったから。

だからって、きてれつな題材をイカれたような筆致で描くつもりはない。

自分に対する気持ちを、絵で表現して欲しい。飾りもなにもない、君自身の絵で。

桐島の言ったことを、そう解釈するのはカン違いだろうか？

真夜中すぎまでかかって、夕雨の絵はやっと仕上がった。

——俺のほうは、カタがつきました、伊月さん。

12

それにしても、電話をかけるのは多少勇気のいる行為だった。

「絵ができました」イコール、「あなたと寝たい」ということだから。

それでというのでもないが、携帯ではなく自宅の留守電にメッセージを入れておく。

そうしたら、翌朝向かいのオフィスで待ちかまえていたような桐島《きりしま》から、「おい、なんで家のほうに入れんのよ？」とクレームがついた。もちろん、冗談混じりではあったが。

で、下を向いてぼそぼそ携帯は苦手で、とかなんだとか言いわけする夕雨《ゆう》に、桐島も自分の科白《セリフ》の露骨さに気づいたようで、

「いや。そういう意味じゃないんだ、すまん」

だったら、どういう意味なんだろう。

照れたようにさっさと自分のオフィスに戻ってゆくのを、ぼんやり見送っていた。

「ユウちゃん。なにぼーっとしてんの」

開きっぱなしのドアから、中原《なかはら》亮子《りょうこ》が顔を出す。

「え？　いや、べ、べつに」

「そうかなあ？」

にやにやしながら、向かいのドアを見やる。

「デートの約束でもしたんじゃないの？　彼氏と」

「そっ、そんなこと、あるわけないじゃないですかっ」

周章《あわ》てて胡麻化《ごまか》し、そそくさオフィスに入る。

そういえば、待ち合わせ時間とか、それこそ「デート」の手はずなんかなにも約束していなかったのだ。

絵だけは、マットに貼《は》って、いつでも渡せるようにして持ってきているが。

「お、ユウ。なに宝物を抱えてんだ？」

目敏《めざと》い浅沼《あさぬま》に早々発見され、チェックを入れられる。

「やー。これはその、スクールのほうの課題で……」

「あら。珍しいわね。ちょっと見せてもらっていい？」

「だ、駄目です、駄目です。まだ人様に見せる段階じゃないっつうか、下絵も半分ぐらいしかできてないし」

「ほんとかなあ」

中原はやはりにやにやしているのだが、浅沼はそんなことは既に忘れてしまったかのように業務に戻る。いずれにしても、詮索《せんさく》好きなタイプではないのだ、二人とも。加えるならば桐島も、だが。

だから、夜、ビルから出た夕雨をチェロキーが待っていた時には、夕雨は文字通り硬直してしまった。

「なーに固まってんの」

運転席から顔を出し、ぎこちない微笑《ほほえ》みを浮かべる夕雨を揶揄《からか》うように言う。

「絵ができたら会おう、そういう約束だったと思うんだが」

「そっ、それは、はい……ええ」

心の準備ってものが必要ではないか。

「じゃ、問題なく乗って。俺も早く絵が見てみたい」

そんな桐島は、あの美しい人とスムーズに別れ話ってのを完遂できたのだろうか。

疑いなんて言ったらおかしいが、夕雨の心中は複雑だ。道中、ほとんど喋《しゃべ》ることができなかった。

桐島は、そして、きっとそんな夕雨を「初めて身体を重ねる夜を想定してぎくしゃくしている」と解釈しているのだろう。

そう思うと、よけい恥ずかしい。

だが、マンションに着くなりそういうことはせず、桐島は夕雨をソファに坐《すわ》らせるとキッチンのほうへ行こうとして立ち止まった。

「あ？　でもその前に、まず絵だな。ユーちゃんの大作」

「そ、そんな才能ないっすよ。それに、A4だし、小さい」

「言い方間違えた。力作、だ」

桐島なりに気を遣ったようだが、ますます恥ずかしい。気合いを入れて描いていない、というのではなく、期待の巨《おお》きさにプレッシャーを感じる。

だが、しかし、フォリオを開いて、トレーシングペーパーを剝《は》ぐと、桐島は、「うわあ」と声を上げた。

「やっぱすげえな、本職は」

「本職じゃないですってば」

素直な反応に気をよくしながらも、夕雨の胸中は複雑だ。だって、将来ぜひこういう仕事をしたい、と思って通っているスクールではない。

「紅茶でいい？」

それよりも。

「あの……判《わか》りますか？　この絵」

「判る、って？」

桐島は首を傾げる。

「その……伊月《いつき》さんがモデル、なんですけど」

「えへえ？　俺が？」

マットで囲ったイラストボードに、夕雨が描いたのは巨きな猫の顔だ。グレイと青を基調にしたバックの、上のほうは星を散りばめ、下には高層ビル。

上下まったく違う背景の中で、桐島をイメージした猫の顔だけが描かれている。黒と灰色の、トラ猫。あのクレイジーTシャツの猫を意識しつつ、にんまり笑った表情に、夕雨の感じる桐島の魅力をあますところなく表現……したつもりだった。

「俺って、猫なんだ？」

「……俺の中では。あの、気に入らないですか？」

「うん？　いやいや、そんなことはない。ないんだが、ひとからはよく犬系だって言われるからさ」

と言ってにっこりする、その顔がもう、イラストのまんま。夕雨は思わず笑ってしまった。

「なーんだよ？」

絵を手にしたまま、桐島は口を尖《とが》らせる。

「なにか企《たくら》んでんね？　君」

「そっ……企むって。俺がいったい、なにやって伊月さんを陥れたりするっていうんですかっ」

「それはもちろん」

桐島は絵をテーブルに置き、夕雨の背中に腕を回した。

「君が俺を籠絡《ろうらく》する、ってこと。その魅力でね」

言ってから、自分に似合わぬ科白と自覚したか、桐島は、

「なーんてね」

おどけた顔になった。だが顔に「恥」と書いてある。

「……伊月さん」

「気に入った。君の目に映る俺が、こんな暢気《のんき》で幸せそうに見えてるんなら、俺も嬉しい」

「あ……でも、それだけじゃないです、も、もちろん」

能天気一本槍の単細胞、なんて意味では決してないのだ。

「判ってるって」

桐島は腕を外し、くるりと踵《きびす》を返した。

リビングのキャビネットからなにか取り出すと、戻ってくる。

「俺も身軽になった」

夕雨の手に渡されたのは、銀色に輝くカードキー……。

「い、伊月さん、これ」

「元の彼女の手から渡ってきたキー。それが気に入らないんなら、ここで燃やしてくれていいから」

桐島はキッチンスペースのほうをしゃくってみせた。

「俺としては、君で最後にしたいと思ってるんだが？」

そんなことを言われて、受け取れないと拒む奴がいるだろうか。

いや、実際、誰の手を通ってきたかなんていうことは、問題じゃないのだ。

桐島が今、これを自分に渡してくれたこと。

それだけが、嬉しい。

夕雨はふるふる首を振った。

「じゃ、これで俺たちはフリー同士なわけだ」

桐島は、言葉の割にはばつの悪そうな表情で言う。

「といったって、いろんな人間にいろいろ厭《いや》な思いをさせている。その罪は消えないよな。俺といっしょに、それ背負ってく気、ある？」

「なかったら、絵描いてきません」

夕雨は真《ま》っ直《す》ぐ桐島を見上げて言った。

ふたたび腕が回される。唇が降りてくる。塞《ふさ》がれる。

衛藤《えとう》に無理矢理奪われたキスのことがちらと浮かんだ。夕雨は素直に口を開いて、忍んでくる舌を受け入れた。

口腔《こうこう》内が掻き回される。

勁《つよ》く吸い上げられ、同時に桐島の手がシャツを捲《まく》り上げる。背中を撫《な》で回す。

「あ……」

そんな、なんでもない愛撫《あいぶ》すら、目が回りそうなほど刺戟的《しげきてき》だった。

もつれ合うように、寝室のベッドに倒れ込んだ。

シャツの前もたくし上げられ、乳首がきゅっと摘《つま》まれる。

「あ……んっ」

「感じるの？」

桐島は、やや驚いたふうに言う。

それで、この人は男とこんなことをするのは初めてなんだということを思い出した。

「伊月さんのも、やってみますか？」

「いいよ、俺は……キスもしたほうがいい？」

「はい」

まるで内科の診察室だ。

すぐにぬめった感触を、指が弄《もてあそ》んでいた箇所に感じる。

乳首を吸われ、軽く歯をたてられて、夕雨の下半身はすぐに反応する。

「あっ、あ……あっ」

「気持ちいい？」

「ん……出そう」

「え、だってまだこれだけしかしとらんやん」

「伊月さんにこんなことさせてる、と思っただけで、そうなるんです」

夕雨は膝《ひざ》を曲げ、桐島の股間《こかん》に触れた。ジーンズ越しで、感触は判らない。が、そのまま膝でぐりぐり揉《も》むと、はっきりと変化が表れた。

「おい。こら」

「俺にさせてください」

夕雨は桐島の身体を押しやり、仰向《あおむ》けにした桐島のジーンズのボタンを外した。下着の上から、やわやわと性器を揉む。

「ゆ、ユーちゃん」

「黙って」

夕雨は、下着から桐島自身を引きずり出すようにすると、既に半勃《はんだ》ちのそれに顔を近づけた。

先端に軽くキス。すると桐島の下肢《かし》がふるっと震える。

「あ……ユーちゃん」

桐島は夕雨の頭を払いのけるような動きを見せた。が、かまわず咥《くわ》え込むと、う、と呻《うめ》いてあとはなすがまま。

根元をしっかり握りしめ、夕雨は心ゆくまで桐島を味わった。先端からくびれまでをすっぽり咥えたり、喉《のど》の奥までディープ・スロート。そうしながら双球を揉みしだき、桐島をなおも喘《あえ》がせた。

桐島の先端からは既に先走りの汁が溢《あふ》れ出し、夕雨はそれをずるずる啜《すす》る。衛藤との時では抵抗のあった行為を、むしろ自ら望んでしている自分を意識する。

「ユーちゃん、駄目だよ」

されるままに背中を反《そ》らしていた桐島が、夕雨の肩を摑《つか》んだ。

「それ以上されたら、それこそ出ちまう」

「いいんですよ？　出しちゃって。俺、伊月さんのなら飲めるから」

「莫迦《ばか》」

桐島は半身を起こし、夕雨の額《ひたい》をはじいた。

「君は、そんなことしないでいい、って言ってんの」

「だって俺」

「いいんだよ。初めてなのに、いきなり口でさせるわけにはいかないだろ」

身体が入れ替わり、桐島が見下ろしてきた。

「だけど、伊月さん、やり方判るんですか？」

「三十年近く生きてるとね。いろいろ判るよ」

桐島は無造作に衣服を脱ぎ捨てた。

夕雨も起きあがり、もそもそと服を脱ぐ。下着を半分下ろしたところで、再び押し倒された。

口づけながら、舌を這《は》わせながら、桐島は足の指で器用に夕雨の下着を足から引き抜いてしまう。

「伊月さん……判るってより、実践したことあるんじゃあ」

「ばーか。なんでだよ。男の子好きになるなんて、初めてだって言ってるだろ」

「だって……あ」

太腿《ふともも》から前を探られ、夕雨は身を硬くする。

「俺も男だからな。どうすれば男が悦《よろこ》ぶかぐらい、判ってる、ってことだろ」

「それはそうだけど……でも、あっ」

軽く扱《しご》かれ、夕雨はあっさり勃ってしまう。

そのまま弄《いじ》られるうち、夕雨の先端からも蜜《みつ》が溢れ出した。

「……それで、どうすればいいの？」

桐島の指が、後ろに回っている。

「ココしかないんだけど」

挿入する箇所、を問われていると判り、夕雨はまたも頬《ほお》が熱くなる。

「はい、そこでいいんです」

「入れていいの？」

「……先に指から」

「あ、そうか」

桐島は、納得のいった体《てい》ですぐ、そこを探り当てた。

「う、きつい。なんか塗ったりしたほうがいいんじゃないのか」

「できれば、ローションかなんか」

「……アフターシェイブしかないけど、いい？」

「たぶん、大丈夫だと思う。俺……」

馴《な》れてるから、と、その言葉は辛《かろ》うじて出さずにすんだ。

初めてじゃないことは判られている。

でも、そんなにスレているとも思われたくない。

やがて、ローションを手にした桐島が戻ってきた。

入り口付近を躊躇《ためら》いがちに彷徨《さまよ》った後、ぬめる指が中に入ってきた。

「あ――」

「痛い？」
桐島は指をそこで止め、心配そうに訊《き》いてくる。
「大丈夫、です……い、つきさんの指、と思ったらなんか……」
昂奮《こうふん》で、それだけで達してしまいそうになったのだ。
本番まで保《も》つのかな俺、とよけいな心配をしてしまう。
「ここがいいのか？　ここ？　ここは？」
夕雨の身体を横抱きにして、桐島は内部を掻き回す。
どこ、もなにも、どこもかしこもだ。
それが桐島の指である、というだけで。
全身が性感帯になったように、感じ、刺戟されてしまう。
汗ばむ、薄い胸。
受け止める桐島の身体は、服を着ている時よりも逞《たくま》しく感じられる。
後ろを探られながら、夕雨はふたたび桐島の股間をまさぐり、性器を摑んだ。
既に固く勃起しているそれは、扱かれてさらに質量を増す。
これが、これから自分の身体に入ってくる。
恐れよりも悦びで、夕雨の心は震えた。
はやく、俺を伊月さんのものにして欲しい。

足を広げて、いや、後ろからでもいい。四つに這わされ、獣のように犯されたい——。

そんな嗜虐的な気持ちになったのは、初めてだった。

なし崩《くず》しでもなく、成り行き任せでもなく、自分から希《のぞ》んで抱かれる行為。

そんなセックスを、初めて体験しているのだ、と思った。

荒い息遣い。汗の匂《にお》い。

やがて、再び夕雨を反転させた桐島が、上から被さってくる。

「ユーちゃん、もう駄目。君の中に入りたい」

「うん。俺も……伊月さんが欲しい。俺に入って、めちゃくちゃに掻き回して欲しいんだ……」

「ユーちゃん」

桐島は、夕雨の足を開かせると、両手で腰を摑んだ。

そのまま抱え上げると、ぬめった感触が後孔《こうこう》にあてがわれる。

「あ……っ」

さすがにその時ばかりは身が竦《すく》む。過去の経験でも、それだけは馴れなかった瞬間だ。

「ユーちゃん……大丈夫?」

「平気。伊月さんは?」

「ん、きつい。こんなの初めてで……正直、気持ちいい、いつになく」

「だったら俺もいい。もっと、奥まで来て」

その言葉に昂《たか》ぶったかのように、桐島はさらに身体をすすめ、夕雨の内奥《ないおう》を貫いた。

「ああーっ」

いちばん深いところを抉られて、夕雨は思わず悲鳴を上げる。

「ユーちゃん、ユーちゃん……大丈夫？」

そして桐島は、やはり心配げに同じことを訊いてきた。

夕雨はふるふるとかぶりを振った。

「……動いていいか？」

頷《うなず》く。

ゆるやかなリズムで、抽挿が始まる。

桐島が動く度、夕雨はあっ、あっ、とそれに合わせるように声を出す……出さないでなんていられない。気持ちがよすぎて……セックスってこんななんだ。そんなことにあらためて気づいたりもする。

「ユーちゃん……ユーちゃん……」

呼びながら、桐島は次第に烈《はげ》しく腰を使ってくる。シーツに投げ出した夕雨の手を、巨きな掌《てのひら》で摑んだ。

「すごい汗」

目が合うと、照れたように笑う。

夕雨も微笑み返し、目を閉じた。

その上に、静かに唇が降りてくる。

唇を絡めながら、手をしっかり繋《つな》いで、二人は一緒に高みに登り詰めた。

「あ、あっ、伊月さ……んっ」

「ユーちゃん、ああ……」

夕雨の上で桐島の身体が跳ね、どくどくと中に桐島の精が吐き出される。

同時に夕雨も達していた。桐島の胸に腹に、夕雨の放ったものが飛び散った。

「……愛してる」


床に膝を抱えて、夕雨はエントランスにしょんぼりうずくまる。

成人式だった。地元で行われた式に参加して、友人たちの誘いを断って、ここに直行したのに。

鍵を持ってくるのを忘れた。

まぬけだ。

着馴れないスーツなんか着るから……ちなみに、ネクタイはやっぱり母親に結んでもらった。

首が締まって気持ち悪いので、解《ほど》こうとしたらこんがらがって、よけい締まっている。なんて莫迦な俺。

カードキーを持っているから、事前に桐島に連絡をしていない。甘く見ていた、都会ってやつを。東京の高級マンションってところを。田舎《いなか》には、オートロックのマンションなんて珍しいのだ。

早く帰ってこないかな……。

いや、もしかして帰ってこないのかもな……旅行かなんかに、急に出かけたりして。

じっとしていると、昏《くら》い想像ばかりがぐるぐる巡る。

だったら、待ってたってしょうがないんだ。

莫迦か俺、帰ろうと立ち上がりかけた時。

「ユーちゃん⁉」

驚いた声が降ってきて、夕雨は顔を上げた。

革ジャケット姿の桐島が、心底驚いたふうに見下ろしている。

「どうした？　なんで部屋で待ってないのん？」

「……れた」

「え？」

「持ってくんの、忘れた」

夕雨は唇を尖らせて、大笑する桐島を見上げる。なんだよ、そんなに笑わなくたって。

「で、君、いつからここにいるわけ」

正直に答えたらまた爆笑されそうだったが、そんなふうに桐島に笑われる自分も嫌いじゃない。だからほんとうのことを言った。

「しょうがねえなあ。はい、じゃ、どうぞ。うっかり者のお姫様」

桐島はカードキーで扉を開くと、エレベーターホールームに夕雨を招き入れる。

「時に、ユーちゃん。珍しい恰好《かっこう》してるね」

「成人式だもん」

「え、成人式って、一月じゃなかったっけ？　うーむ、俺が知らないでいるうちに、世の中はそこまで」

「うちはそうなんです。早めなの。田舎だから。出稼ぎに行ったりで都合つかない奴とかいるから」

「出稼ぎってことはないだろうと思うんだが。そうか、そういうニュースは、たしかに見るな……で、暴れた？」

「……こんな恰好で、暴れてたらアホですよ」

たしかに会場にはそういった類の暴れん坊将軍らしき輩《やから》たちはいた。しかし近年ニュースで目にするような騒ぎは起こらなかった。

「そうか。にしても、そのネクタイ。なんか妙じゃない？」

そこで夕雨は、またしても爆笑を誘う失敗談を披露しなければならなくなる。

「なんだ。結べるようになったってのは、ありゃ嘘だったのか」

マンションの部屋に、やはり先に夕雨を通しながら、桐島はまだ笑いの残った声で言う。

「どうせ俺は、なにやったって半人前のガキっすよ」

「そうむくれなくていいって。そのうちだんだん、大人になるさ」

「その頃には伊月さんはいいおっさんですよねえ」

逆襲に転じた夕雨だったが、桐島は「そうそう」とまるで取り合わない。

「とにかくダンゴになっちゃってんですよ、これ」

夕雨は桐島の前に回ってネクタイを引っ張った。

「なんとかしてくんない？　伊月さん」

「そりゃあ、希われれば解きもするが」

桐島は夕雨の背中に腕を回す。

「ネクタイ以外も、解いていい？」

言った後、あまりにスカした科白に自分で照れたかして、

「なーんてね」

照れるぐらいなら、最初から言うんじゃないの。

やっぱ、可愛《かわい》い人だ。

そんなことを言ったら、むくれちゃうから言わないけどね。
桐島の腕の中に包まれたまま、夕雨は小さく頷いた。

リバーブ

最初は、ただのいたずらだと思ったのだ。

「ワタシニハ　アナタニナイモノガアル」

自宅アパートの玄関に突っ立ったまま、広崎夕雨《ひろさきゆう》はその文字を読んだ。ふたつ折りのメモ用紙に、赤いインクのメッセージ。

私には、あなたにないものがある。

なにごとにおいても、ひとより足りているとは思えない。むしろ不足していることのほうが多い。

なにかの間違いで、隣人のもとにでも届くはずだったものが自分のポストに投函《とうかん》されてしまったのだろう。

いずれにしても莫迦莫迦《ばかばか》しい。たとえ投函ミスであったにしたって、こんな文面の手紙ともつかないものをわざわざ隣に届ける必要もない。逆にこちらが疑われそうだ。

そう判断して、夕雨はそのメモをゴミ箱に放り込んだ。が、妙に角張った、定規をあてて書いたような無機質な文字から立ちのぼる微《かす》かな悪意は、心のどこかにぽちりとマーキングされた。

次にそれが届いたのは、それから一週間後のことだった。

雨の日で、半分にじんだ文字はやはり角ばった赤。


「ワタシニハ　アナタニデキナイコトガデキル」


こうなるともう、気のせいや間違いとは思えない。ターゲットははっきり自分だ。

私には、あなたにできないことができる。

意図も意味も定かではない言葉が、頭の中をぐるぐる回転する。そもそも、この送り手は男なのか、女なのか。「ワタシ」と名乗っているからには女かもしれない。けれど確証はない。男が「私」という一人称を使う場合だってある。こんなふうに筆跡を胡麻化《ごまか》している場合はなおさらだ。

しかし、何よりメモの字面からにじんでくる厭《いや》な空気感は……。


——ちゃん。

「ユーちゃん」

呼ばれて夕雨は我に返った。

テーブルのむこうから、桐島《きりしま》伊月《いつき》の軽い笑《え》みを湛《たた》えた瞳がこちらに向けられている。

「どうしたの。ぼーっとして」

言ってから、ちょっと揶揄《からか》うような笑顔になり、

「今日の晩メシ、なにを奢《おご》らせようかな、なんて？」

「伊月さん」

「いや、そんな顔でもなかったな。もっとこう憂えるような、世界人類の存亡について深く考察するようなっていうか」

「伊月さん！」

夕雨は頬《ほお》を膨《ふく》らませた。

桐島は、いよいよおかしそうに笑う。

穏やかで優しく、時に烈《はげ》しさを見せる、この男は、つきあって半年になる恋人だ。

喧嘩《けんか》をしたことは一度もない。桐島は夕雨を、いつだって宝物みたいに大切にしてくれる。

こうなるまでの経緯に、紆余《うよ》曲折がまったくなかったとは言えない。当時は互いに違う恋人がいたし——。

恋人。

夕雨の思考は、そこではたと止まった。

何あろう、さっきまでぼんやり考えていたあの赤いメッセージの送り手。

男なのか女なのかも判らなかったそれが、明確な形をとって表れ出す。

女。

桐島の、もと彼女。

美しく聡明《そうめい》そうな女性だったが、だからといってあんなメモを夕雨のポストに投函しないという確証はない。

とたんに、ふたつのメッセージの意味が意味をなしはじめた。

私には、あなたにないものがある。

私には、あなたにできないことができる。

女にあって男にないもの、男にはできないが、女にならできること。

いくらでもある。そういうことならいくらでも。

たとえば——。

「ユーちゃん？」

辿《たど》りはじめた思考は、ふたたび桐島の声によって遮《さえぎ》られる。

「どうかしたの、さっきから」

「うん。ごめんなさい。実は……」

言いかけて、口を噤《つぐ》む。あなたの、元彼女からいやがらせのメッセージを受け取っているかもしれない、なんて言えない。

何も確証などないのだ。

臆測にすぎない話など、するわけにはいかない。

ことに、この人と恋愛関係にあった女性の非常識なふるまいについて聞かされることは、桐島にとっても面白いことではないだろう……。

「な、なんでもない」

結局、そう答え、すべてをうやむやのままに消してしまうことになる。

「ちょっと……」

「ちょっと？」

「世界人類の恒久的平和について考えてたんだ」

むりやり笑顔を作ってみる。

「ほんとかなあ？」

逆にますます桐島を疑わせることになったらしい。桐島は笑みを消し、探るような顔つきになる。

「ほんとだよ」

「ユーちゃん？」

「は、はい？」

「なにかあったら、なんでも俺に話してください。俺にできることなら、なんでもするから」

夕雨は曖昧《あいまい》に微笑《ほほえ》んだ。「なにか」はたしかにあったとはいえ、その原因かもしれないのがその言った相手なら、「はい、なんとかしてください」はないだろう。第一、まだなにひとつ確証のある話ではない。

夕雨が胡麻化したことに、桐島も気づいていたのかもしれない。ティーカップを置いたまま、ふと小首を傾げた。

隠しごとをずばり見抜かれたような気がして、どきりとする。

俯《うつむ》いて、服のボタンを直すふりをする夕雨に、

「そろそろ出るか」

いつもと寸分違わぬやわらかな声が促した。

ひとつ呼吸をおいて顔を上げる。声音と同じいつものひそやかな桐島の笑顔。

「出るというか、戻る、だけどね。ほんとは」

今度は顔をくしゃっとさせて笑う。あ、と夕雨はその笑顔に見とれる。夕雨の好きないくつかの表情のうちのひとつだ。はにかむような、照れを含んだ笑い顔。

そうなのだった。仕事の合間、偶然同方面に出たのをいいことに、待ち合わせをしてお茶を飲んでいたのだった。

昼下がりのカフェテラス。

若い女の子たちやカップルでにぎわうテーブルの間をするする抜けていく桐島の背中を、夕雨も早足で追った。

だからといって、すべての謎が解けたわけでは、当然ない。

疑惑の矛先が変わったわけでもない。

それからまた一週間おいて、次のメッセージが届いた。


「カナラズ　トリモドシテミセル」


疑うなというほうが無理だろう。というより、これで確定してしまった。

半年前に一度会ったきりのその人の顔を、夕雨ははっきりと憶《おぼ》えてはいない。ほっそりとした背の高い、美しい人だったという印象だけ。

夕雨は夕雨で、別の男とつきあっていた。今から思えばろくでもない奴だった。

まあ、双方に違う相手がいたということだ。その状態で、桐島と夕雨は出会い、そして恋におちた。

それぞれの関係を終わらせた後で、はじまったつきあい。

夕雨のほうはあっさり切れたが――もともと夕雨などに本気ではなかったのかもしれない――けれど、世の、恋人をほかの人間に奪われてしまった者が、皆が皆、すっきり引き下がるとは限らない。

だからって。

前の二通は処分してしまったが、定規をあてて書いたようなあの、赤い文字ははっきりと思い出すことができる。

ワタシニハ　アナタニナイモノガアル

ワタシニハ　アナタニデキナイコトガデキル

そして——。

カナラズ　トリモドシテミセル

相手をその人と仮定してみよう。前のふたつのメッセージは、自分が「女」であることの強調だろう。女にあって、男にはないものは数多く存在する。だがこういった場合に女性が振り翳《かざ》す武器といったら。

妊娠。

ふと浮かんだその文字に。夕雨はふるると身を震わせた。たしかに、子宮は女性にしかない。子どもを産むことは男にはできない。

カナラズ　トリモドシテミセル

それが、彼女が桐島の子どもを身ごもり、それを楯にとって桐島を夕雨から奪還しようという高らかな宣言だとしたら。

半年前にはつきあっていた相手だ。桐島の部屋を訪れたことも何度となくあっただろう。初めて会った日も、彼女は当たり前のように桐島の部屋のキーを持っていた……。

そこまで想像して、夕雨は世界が回るのを感じる。意識が遠のく。見馴《みな》れた部屋が歪《ゆが》んでゆく……。

我に返った時、自分がまだ玄関にしゃがんだままでいたことに、夕雨は気づいた。

夕雨《ゆう》のアルバイト先の向かいに、桐島《きりしま》のオフィスはある。商業翻訳というらしい。海外向けの製品の取扱説明書などを英訳したり、また輸入されてきたそれの和訳をするのが主な仕事とのことだ。

最初はただのお隣さんとして知り合って、心惹《ひ》かれ、そうしていつか心を通わせるようになった人。

桐島はモテる。ルックスや社会的地位がどうだということではなく、女も男も、彼と一緒にいる空間を好ましく感じるらしい。夕雨のボスである浅沼《あさぬま》も、その部下である中原《なかはら》も言っていた。

「あれはモテる」

たぶん、醸《かも》し出す空気のせいなのだろう。柔らかくて丸い。そしてそれは、常に人を赦《ゆる》している。

夕雨にそうであるように、「彼女」にも桐島は優しく接していたのだろう。傷つけないように、大切に扱ってくれる恋人。夕雨が彼女でも失くしたくなどない。桐島の顔、桐島と過ごす穏やかな時間。セックス……。

ふいにわいたそのイメージに、夕雨の心はざわついた。伊月さんがあの人と？

けれど、そうなのだろう。

いやむしろ、しないほうがおかしい。

ここ半年はなにもなかったにしても、それ以前の行為で受胎している可能性はある。

もし「彼女」がほのめかしているのがそのことなのだとしたら。

どんな手段を用いてでも桐島を奪い返すことをもくろんでいるのだとしたら。

桐島はどう対応するのだろう。

優しい人だ。勁《つよ》くて優しい。確実に認知するだろうし、養育費だって払うだろう。

けれど、「彼女」の目的は、桐島から経済的援助を受けることではない。

カナラズ　トリモドシテミセル

法律のことに詳しくはないが、認知したからといって相手と家庭を築いていかなければならない法などないことは、夕雨にだって判《わか》る。

義務はない。ならば「彼女」が賭《か》けようとしているのはきっと、桐島自身の心のほうだ。

自分の子がいる。

一度は愛した女と、自分の血を分け合って継いだ子がいる。

ひるがえって、現在一緒にいるのは男だ。

孕《はら》む心配もなければ、結婚できるわけでもない。

どんな男だって、自分の子は可愛《かわい》いだろう。

よりを戻せ、と迫られたらほだされるかもしれない。

けれど、けれど。

夕雨は両腕で己を抱きしめる。

桐島のいない生活なんて、もう考えることができない。

この半年のあいだで、そうなってしまった。

呼べば必ず応《こた》えてくれる男。ひそむようなあの笑顔。子どもっぽいいたずらで、時に夕雨を迷わせたり、驚かせたり。

けれども最後には、あの長い腕で包んでくれる。広い胸で夕雨を受け止めてくれる。

桐島のくれる温もりは、もう夕雨にとって離せないものになっていて、自分の存在のほんの少しでも、この人が同じように感じてくれればいいな、と夕雨は希《ねが》う。

ほんの少し――。

けれど、そんな桐島だからこそ、別れた恋人だって同様に桐島を求めていただろうし、それがふいにもぎとられてしまった――それも同性ならともかく、男に――では、納得がいかないだろう。

ふつうなら、矛先は桐島に向かう。

桐島は組織に属しておらず、自由業といえる身の上だから、世間にホモセクシュアルであることを暴露されたところで、仕事にはさほど影響もおよばないだろうとは思う。しかしそういった色眼鏡で見られることは、いかな桐島でも愉快なことではないはずだ。

それを知っているから、いや、奪い返したいからこそ、夕雨を狙うのだ。

悪いけど、こっちにはあの人の子どもがいるの。はなれてくれない？

そうやって夕雨を排除した後、おもむろに桐島に近づいて、そして囁《ささや》くのだ。ねえ、あなたの子どもがいるの。ここに、この中に、あなたと私の愛の結晶が。

ほっそりした腕が桐島の手を膨《ふく》らんだ下腹部へ導くさまを想像し、夕雨は目を閉じた。

桐島はこのことを知っているのだろうか。

いや、前記の想像がその通りなら、彼女は夕雨にダメージを与えることをのみ目的としている。それに、昨日も一昨日《おととい》も、桐島はそんなことにはふれなかった。いつものように優しく、おおらかで悩みごとを抱えているふうではなかった。もっとも、桐島は内面の嵐を表に出すようなタイプではないのだが。

必ず取り戻してみせる。

少なくとも、それは夕雨一人に向けられたメッセージといえる。

ひとの悪意を、こんなふうにひしひしと味わうのはしばらくぶりのことだった。

玄関にうずくまったまま、夕雨はカランから滴る水音をしばらくぼんやりと聞いていた。

夕雨のそうしたゆらぎは、桐島にも伝わったらしい。

「ユーちゃん、最近なんかあった？」

昼休み、桐島のオフィスで一緒にランチをとっているとき、急に問われた。夕雨は危うく飲

み込みかけていたBLTサンドを喉《のど》につまらせそうになり、

「え、な、な……ふ」

けほけほむせながらやっと言う。桐島は紙ナプキンをさっと差し出して、立ち上がると、夕雨の背中をぽんぽん、と叩《たた》いてくれる。

「大丈夫？」

むせ返った拍子に滲《にじ》んだ涙で視界が霞《かす》む。

その、歪《ゆが》んだ光景の中に、心配そうに覗《のぞ》きこむ桐島の顔があった。

「だ、だいじょうぶ、ひっく」

ベーコンの脂《あぶら》をナプキンで拭い、夕雨はアイスラテのカップから冷たいコーヒーをひと口飲んで気管を休めた。

その一連の動作を、おかしがるような表情で桐島は眺めている。

と思ったら、真顔に戻って、

「で、さっきの件なんだけど」

今のでうやむやに、というわけにはいかなかったみたいだ。

真《ま》っ直《す》ぐな眼差《まなざ》しに捉《とら》えられ、夕雨はぎこちなく笑顔を作ってみる。

「なにかなら、今ありました。ベーコンが喉にひっかかって」

「ユーちゃん？」

桐島は笑わない。むしろ気を悪くしたふうである。

「……ごめんなさい」

「謝ることはないけど」

「……」

「なにもないんだったらそれでいいし、なにかあったんなら俺に言えよな。このあいだからユーちゃんの様子が少しヘンだから、なにもなかったってことはないと思ってたんだが」

「伊月《いつき》さん、あの」

その言葉に勇を得たというのでもないが、夕雨はおそるおそるその言葉を舌にのせる。

「前につきあってた女の人、いましたよね？」

言ってから、しまったと思った。これでは順序が逆である。

「彼女？」

あんのじょう、桐島は眉根《まゆね》を寄せた。

「彼女がユーちゃんになにかしたわけ？」

「いえ、あの、そういうわけじゃなく……その」

やはり間違ったことを夕雨は知る。最初に「何かされた」その内容のほうを言っておくべきだった。しかもこの話の流れでは、まだ未確定のいやがらせ犯人を、夕雨が既に特定していることになってしまう。いや事実、ほぼ確信はしているのだが。

「はっきり言おうよ。彼女のことなら、俺にも責任があるんだから。ユーちゃん？」

「ごめんなさいっ」

「ユーちゃん！」

やにわに立ち上がった夕雨に、桐島が呆《あき》れたとも驚いたともつかない表情で見上げてくる。

「ごちそうさまでした」

「ユーちゃん」

「し、仕事があるんで、これで失礼しますっ」

脱兎《だっと》の勢いで逃げ出した夕雨の背で、「桐島翻訳工房」と彫られたプレートが揺れた。


「おや、ずいぶんお早いお帰りで」

そもそものアルバイト先であるアサヌマデザインスタジオでは、社員兼デザイナー兼秘書兼経理担当の中原《なかはら》が出前のうどんをすすっていた。ボスである浅沼《あさぬま》は、外に出ているらしい。

「お隣さんと、優雅にランチじゃなかったの？」

揶揄《からか》うように言ってくるが、見下しているふうでもない。夕雨と桐島の関係を、知っているんだか知らないんだか、あるいは気づいていないふりをしているだけなのかは判《わか》らないが、その語調に悪意の響きはない。

「いや……」

夕雨は棚のところへ行って、作り置きのコーヒーを自分用のマグカップに注いだ。

「コーヒー一杯、飲む余裕もなかったと」

その様子を眺《なが》めながら中原が言う。

「さては喧嘩《けんか》したかな？」

「え、いや、そんな……」

「な、わけないいか。あの万年温帯性気候に、しかもユウちゃんにつっかかるような理由もないもんねえ」

いや、あるのだが。

しかし、本人にすらまだ明かしていない「理由」だ。

「き、桐島さん、お忙しそうだったから」

やっとのことで思いついたことを言うと、中原は肩を竦《すく》め、

「よく働くよねえ、あの青年は。まったく、うちのグータラ亭主に見せて聞かせてやりたいよ。不景気だからって、仕事ぐらい見つけてきたっていいだろうに」

中原の夫は、中堅どころの広告代理店に勤務していたが、最近になってリストラの憂き目にあったらしい。

リストラといったって、広告業界では人材の出入りははげしく、中小の会社ともなると毎月

のように退職と転職が行われるもの――らしい。

中原の夫というのは相当なやり手の営業マンだったそうだ。リストラといっても、半分は自己都合だったらしい。で、妻も仕事をもってバリバリ働いているし、子どもはいないし、そのうえ家は親の遺した一軒家ときては、なるほど亭主が働かずとも食ってはいける境遇であるらしい。

だからといって、毎日毎日家でゴロゴロされたのでは（いちおう家事はやっているそうだが）女房としてはたまらないようだ。

中原の愚痴《ぐち》を聞いてやりながら、夕雨の心にはなお、さっきの桐島とのやりとりがかたいしこりとなって残っていた。


もちろんそんなのですむはずがないので、バイトを終えてビルの外に出ると、そこには桐島のチェロキーが待っている。

「……」

「さっきの続きを聞かせてもらうため、俺はこれから人さらいになる」

ちょっとおどけたしぐさで手を広げてみせる。

「……。さらわれなくても、乗ります」

チェロキーの助手席におさまると、急に地表が高くなる。

走りすぎていく車の中の人間を、見下ろすような感覚にとらわれる。

桐島はまさかそんな意図で4WDを購入したわけではないだろうが。

「どこかでメシでも食う？　それとも君か俺の家に行ったほうがいいかな？」

「……走りながら話します」

「そんな簡単な話？　じゃあ、ちょっと聞いて、それからイタメシでもご馳走《ちそう》しよう」

いや、ご馳走なんかしたくなくなると思う……。

「まず、俺のほうから。彼女のことなんだけど」

信号が赤に変わり、車が止まったのを機のようにして桐島から口火を切る。

「別れて以来、会ったこともない。電話は何回かかかってきたが、話はしていない」

「伊月さん」

「俺と彼女がまだ続いてるって疑ってんなら――」

「伊月さん、伊月さん」

夕雨は周章《あわ》てて桐島を遮った。

「そんなことじゃないんです。ただちょっと妙なことが」

「妙な？」

信号が青になった。

「妙なことって？」

再び走り出した車の中で、桐島が問うた。

「——ヘンな手紙がポストに入ってて」

「手紙。どんな」

「手紙っていうか、一行だけ」

ワタシニハ　アナタニナイモノガアル

「どういう意味？」

「俺が訊《き》きたいです。そしたら一週間してまた入ってて」

ワタシニハ　アナタニデキナイコトガデキル

「ますます意味不明だな」

そうかな、と夕雨は思う。これは、やはり受け取った当事者でないと判らない感覚なのかもしれない。

しかし。

「『カナラズトリモドシテミセル』？」

最後のメッセージを聞くと、桐島の顔が翳《かげ》った。

「──それはやっぱり、俺のことなんだろうな」

「……たぶん」

「そしてユーちゃんは、やったのは彼女だ、と」

「や、そんな。決めつけてるわけじゃ……」

こんな場面で保身に走る自分が情けない。

「いや、この時点からの確率で言うと、俺もそう思う」

対向車のヘッドライトが、瞬間、桐島の横顔を浮かび上がらせる。

「ただ、あれはそういう性格の女じゃなかったと思うんだが」

その横顔に、ほんの少しだが不興の色を見たと思ったのは気のせいだったのだろうか。

「違います、俺もそう思います。俺のカン違いなんです」

だから、夕雨は必死になって言った。

「ユーちゃん、なにをそんなに怖がっているの？」

真っ直ぐ前を見たまま桐島は言い、

「……怖がってるわけじゃ……」

と、夕雨はいっそう疑念を抱かせるような受け応えをしてしまう。最悪。

「じゃあ、俺を試そうとしてる？」

次に飛んできた質問は思いもかけぬ方向からで、夕雨はたじろいだ。

「ユーちゃん。俺はね、君を試したりはしない。だから、ユーちゃんも俺のことを試さないでいてくれればいいなって思う」

「試すだなんて……」

夕雨は下を向いた。顔が俯《うつむ》けば、心も俯いてしまう。やはり、あのメモのことは自分一人の胸にしまっておくべきだったのだろうか。

「じゃあ、最初から。ユーちゃんの元にメモが届いた。これは事実だね？」

夕雨はこくりと頷《うなず》く。

「そこには『ワタシニハアナタニナイモノガアル』と書かれてあった。これも事実」

「……はい」

「一週間経って、今度は別のメモが入っていた──」

桐島の声がひとつひとつ、事実を露《あら》わにしてゆく。

しかし、今さら起きたことを検証してみても、夕雨からすればしょうがないのだ。

夕雨が桐島の前の恋人を疑っている、ことを桐島が疑ってしまった時点で、もう。

疑い合う二人。試し合う二人。

「彼女にあって、ユーちゃんにないもの……ユーちゃんにできなくて、彼女にはできること……なんだろう、想像つかないな」

それなのに、桐島は、そんなふうに不思議そうに言うのだ。

たまらなくなった。夕雨が恐れているのは、その最後のメッセージなのに。

カナラズ　トリモドシテミセル

「もしかしたら——あ、ユーちゃん？」

信号が再び赤になったのを機にシートベルトを外した夕雨を、桐島の呆れたような声が追う。

「いいです、もう」

「ユーちゃん！」

「俺にはできないから……言われた通りです」

「できないからって、なにが」

「っ」

開きかけたドアを閉めようとする桐島とのあいだに、軽いせめぎ合いが続く。

「もういいんです。……生まれてくる子どもと三人で、幸せになってください」

「！」

桐島の驚愕《きょうがく》した顔。夕雨はそのまま路上に転がり出た。

ユーちゃん！　と叫ぶ声も聞こえないふりをして駆け出す。

——いいんです。奥さんとお子さんとお幸せに。

我ながら陳腐な科白《セリフ》だ。ベタなドラマにだって出てきやしない……だいたい昨今のドラマには、そんな殊勝な心がけの愛人など登場しない。

けれど、あんな言い方しかできなかった。

他に、なにをどう言えばいい？　子どものことを持ち出されたら、いかな桐島といえども彼女を選ばないわけにはいかない。

よしんば、選ばなかったにしても認知したり養育費を払ったり、よけいな負担がかかってしまう。

そういうものなんだ。自分にももしも子どもができたなら、産めるなら、そんなひと言に負けたりはしない。アノヒトノコドモガイルノ。こちらにだって、権利が主張できる。

でも夕雨は男だ。

どんなに桐島を好きで、どれほど桐島から愛されようと、同性同士の結びつきには所詮《しょせん》限界がある……。

今日、つくづく思った。目の前が真っ暗になるとはこのことだ。

他にはなにもいらないほどの相手の手を、自ら離してしまった。

全速力で駆けていた足が、次第にスピードを落とし、しまいにはのろのろ歩きになっている。

夕雨は振り返った。

ありふれた薄暮の街が、背後にある。なんら変わることもなく、ただそこに。

すれ違う人が、もの珍しそうにこちらを振り返ってゆく。

自分の顔が涙に濡れていることに、やっと気づいた。

袖口《そでぐち》で汚れた顔を拭《ぬぐ》い、夕雨はすん、と洟《はな》をすすり上げた。

生まれて初めて、恋に破れた。

もちろん失恋した経験は初めてじゃない。けれど、こうまでダメージを受けるのは、かつてないことだった。


失恋しようが涙にくれようが太陽はのぼるし電車は走る。

バイトは休みだったので、講義を終えた夕雨は、映画でも観るかと思いながら教室を後にした。

エントランスを抜けたところで、足が釘付《くぎづ》けになってしまった。

車の前に桐島。

このあいだと同じシチュエーションだ。

違っているのは車だけ。紺のセルシオ。

「い……つきさん……」

「話は終わってない。一緒に来なかったら騒ぐよ？」

出口から吐き出されてきた生徒たちが、何事かと立ち止まっている。女の子の声が、誰あれ、ちょっとカッコいくない？　などと囁き合うのも聞こえる。

この衆人環視の情況下で、と思わなくもなかったが、今の桐島からはほんとうに、夕雨が無視しようものなら奇声を発して暴れ出しかねないオーラのようなものが漂っている。

いつまでも晒《さら》し者にしておくわけにもいかない。忘れていたが、目立つ男。夕雨は黙って、セルシオの助手席に乗り込んだ。

「話ってなんですか」

ずっと無言でいるのも気まずくて、夕雨は訊いた。

「この近くに、うまい蕎麦屋《そばや》があるんだ」

「伊月さん」

「話の続きはそれから。お腹がすいていると、見えてるものも見えなくなってしまうからね」

「……」

で、連行された蕎麦屋は、小さい店ながらもなるほどうまかった。昨今では稀少になっているらしい辛味だいこんなるものを大量にすり下ろした辛味そばを食べる。

なるほどえらく辛かった。

辛くてうまい。つゆの加減もいい。

それに、桐島と向かい合ってつるつる蕎麦を啜《すす》っていると、気まずさもほどよく解《ほぐ》れてゆく。たしかに、空腹時にはひとはポジティブな思考能力を発揮できなくなってしまうらしい。そういえば最近、ろくに食事らしい食事をとっていなかった。桐島のことで。食べるどころではなくなっていたのだ、とあらためて思う。

最後のそば湯まできっちり飲み干して、二人は再び車中の人となった。

向かった先は、桐島のマンションだ。

「伊月さん、あの……仕事は？」

「幸い、家でもできる稼業なんでね」

少し皮肉の混じった物言いな気がして、夕雨の胸はざわめく。

「適当に坐《すわ》って。今飲み物を用意するから」

しかし、リビングに突っ立ったきりの夕雨を、優しく促すのはいつもの桐島だ。

それでも、通い馴《な》れたマンションに、初めて訪れたようなぎこちなさがあった。

「どうしたの」

ガラステーブルの脇に所在なく座っている夕雨の前に、ウーロン茶の入ったグラスが置かれる。

「いつもなら、ＴＶだゲームだって、勝手に遊んでるじゃない」

桐島はビールだ。ということは、今夜は泊まりになるのだろうか。

「いえ、あの……」

「ああ、話ね。そのことなんだが」

ビールを半分ぐらい一気に飲んだ後、桐島はグラスをテーブルに戻した。

夕雨は俄《にわか》に緊張し、居住まいを正す。

「そうかたくならないで。あの後、彼女から話を聞いた」

「はい、って……えっ？」

「いやむしろ、問いつめた、かな。電話だけどね。それで俺たちは君に謝んなきゃなんない」

「伊月さん」

「やっぱり、環《たまき》……彼女の仕業だった」

目を瞠《みは》る夕雨の前に、桐島が深く頭を垂れる。まるで大型犬がうなだれているようなポーズ。

「伊月さん、そんな……」

「でね、君が想像した通り、いやがらせのメモを送りつけたのは本当だし、妊娠をほのめかしたのもそういう意図だったらしい」

「え……」

「ただし、本当にそうであったという事実はない」

「って……」

「妊娠はない。作り話。そういうことです」

夕雨は絶句した。と同時に、今まで桐島に対して抱いていた不安や恐れ、その他いろいろのことが恥ずかしくなってくる。

「心配かけて申し訳なかった。以降、君になにかしたら警察沙汰《ざた》にすると言っておいた。ついでに車も変えといた」

「そんな、伊月さんが謝るだなんて……え？」

「チェロキーは、彼女の趣味だったんでね。助手席の窓から、下の車を見下ろすのが気分よかったそうだ」

「……」

「とまあ、そんな女と喜んでつきあっていた俺。この愚か者めが、と嗤《わら》ってやってくれ」

桐島は頭を下げたままだったが、そう言うと顔を上げて自嘲《じちょう》気味に笑った。

「伊月さん」

「呆れた？」

「そんな、だって俺だって、いろいろ、その……伊月さんのこと疑ったりとか」

「それは仕方のないことだよ。俺がユーちゃんでもそう思う」

「いや……俺が伊月さんでもやっぱり、謝った……か、なあ？」

しどろもどろになりつつ言っていると、だんだんおかしくなってくる。互いに頭を下げて、互いに自分を卑下《ひげ》し合っている、なんだこの状況？

と思ったら、桐島も同じなのだろう。真顔が綻《ほころ》んで、夕雨の大好きなあの笑顔になった。

「なにやってんだろうね、俺たち」

「なにって、謝ってんです」

「そりゃそうだけど」

ヘンだよ、と桐島は笑い、つられて夕雨もまた笑う。笑いながら、顔が近づいてくる。テーブル越し、ビールの味のキス。

「大変だなあ」

唇を触れ合わせた後、桐島がしみじみとした調子で言う。

「大変？」

「恋が芽生えるのは簡単だ。けれど育てるには知恵が要る。俺たちは今まさに知恵を出し合っているんだ」

「はい」

「もっと大きく、賢く育てよう」

「うん。俺ももっと、大きくしたいです。伊月さんの中の、俺の存在」

「俺の？　俺のポケットの中は既に君への思いでいっぱいだけど？　……こら、笑うな。昨日訳した小説に書いてあった科白《セリフ》なんだから」

「笑ってません、でも」

やはりそれは桐島には似つかわしくない科白だ。きざな言い回しをするのはそれこそ簡単だが、それを実践できている者は数少ない。

そして桐島には、紙と言葉だけの男でいてほしくはないのだ。

「なんなら見せてあげようか？　俺のポケット」

広げられた桐島の腕の中に、夕雨は迷わず飛び込んでゆく。

いっぱいだという桐島のポケットの中の自分を確かめるために。

恋とはつまり、そうやって育っていくものなんだろう。

あとがき

榊花月

こんにちは。榊《さかき》花《か》月《づき》としては初のディアプラス文庫になります。よろしくお見知りおきのほどを。じゃあ過去にはなにをやっていたんだと思われた方、大したことではないので気にしないでください。

さてあとがき。なにを書けばいいのか毎回悩むところなのですが、うちの近所にあるラーメン屋の話でもしましょうか。

その店ができたのは、去年の何月だったことか。とりあえず開店して一年ぐらいになることはたしかだ。

当初、なんらかのこだわりがあったらしく、メニューは「醤《しょう》油《ゆ》ラーメン」これだけだった。店の前に斜めに張り出された布にも、醤油ラーメンの写真しかなかった。

それが、いつの頃だったか。気づくと「半ライス」が追加されている。おやおや？　と思ってまた少しすると「夏はつけ麺《めん》」とのことでつけ麺追加。と同時に布撤《てっ》収《しゅう》。そのうち、寒くなってきたら「冬は味《み》噌《そ》ラーメン」と言い出して塩以外は揃《そろ》っちゃったよパパ。と思ったそばからギョーザが一〇個三百円（お持ち帰り可）……次第に、この店がなにをやりたいのだか、どこに行くのか見失いそうになってきたそんなある日、オレは見たんや。

「大盛り0円！」
タ、タダですかーっ！
……もちろんそんなわけはなく、「大盛りにしてもお値段据《す》え置《お》き」という意味だったのだろうが、ぱっと見「大盛りならタダ」としか読めないその看板につられて入って来た客とひとかたならぬもめ事があったのか、しばらくしてその張り紙はなくなっていたのだった。

そんなステキラーメン。まだ入ったことはありません。生まれてこのかた、ラーメン屋でラーメンを食べたことが二回しかないオレ。せっかくなので記録を伸ばそうと思い、一生ラーメン屋には入らないと心に決めています。

さてさて、そんなわけで今回も、いろんな方にお世話になりました。

イラストの志水ゆきさん、ご一緒するのは今回初めてなのですが、イメージ通りのキャラたち（特に衛藤《えとう》先輩）に感激しました。ありがとうございました。

担当さんおよびスタッフのみなさん、いつもながらご迷惑をおかけしとります。すいません。今後ともよろしく。

そして、読んでくださった方々。

いかがでしたでしょうか。ご感想などありましたらお寄せください。返信用の切手を同封してくだされば、お返事は必ずお出ししますので、どうぞよろしくおねがいします。

榊　花月　拝

D E A R + N O V E L

ふれていたい《ふれていたい》

この本を読んでのご意見、ご感想などをお寄せください。
榊 花月先生・志水ゆき先生へのはげましのおたよりもお待ちしております。
〒113-0024　東京都文京区西片2-19-18　新書館
[編集部へのご意見・ご感想] ディアプラス編集部「ふれていたい」係
[先生方へのおたより] ディアプラス編集部気付 ○○先生

初　出
ふれていたい：書き下ろし
リバーブ：書き下ろし

新書館ディアプラス文庫

著者：榊 花月 [さかき・かづき]
初版発行：2003年10月25日

発行所：株式会社新書館
[編集] 〒113-0024　東京都文京区西片2-19-18　電話(03)3811-2631
[営業] 〒174-0043　東京都板橋区坂下1-22-14　電話(03)5970-3840
[URL] http://www.shinshokan.co.jp/
印刷・製本：図書印刷株式会社

定価はカバーに表示してあります。乱丁・落丁本はお取替えいたします。
ISBN4-403-52076-6

S H I N S H O K A N